क्या हुआ तेरा वादा ....

आशु कन्दोई

मेरी पहली किताब 'Soft Corner - essence of being human' के प्रकाशन के बाद मम्मी-डैडी ने मुझे कहा था - अगर ये किताब हिंदी में होती तो हम जरूर पढ़ते | आशा है इस बार वे इस किताब को पढ़ेंगे |

क्रम-सूची

उन सभी का तहे दिल से धन्यवाद जिन्होंने किसी भी रूप में इस किताब की रचना में अपना योगदान दिया है |

1

सीमा और आनंद

वह फिर वहीं बैठा था | उसी रेस्टोरेंट के उसी ८*८ के केबिन के उसी कोने में जहाँ वह हमेशा बैठा करता था | इस बार भी सीमा ने देर कर दी थी आने में | जैसा की वो हमेशा किया करती थी |

आनंद मुँह लटकाए बैठा था,'हद है यार, आज तो समय पर आना चाहिए था उसको,' उसने खुद पर खीजते हुए कहा 'मैं ही पागल हूँ जो हमेशा वक़्त से पहले ही पहुंच जाता हूँ' | 'आ जाएगी यार, कुछ काम आ गया होगा,' उसने तुरंत खुद को फुसलाया |

२ बार उसने वेटर को यह कह कर वापस भेज दिया था की अभी एक आदमी और आने वाला है उसके बाद आर्डर करता हूँ | वेटर फिर से आ धमका | डायरी और एक कलम लेकर,'आपका आर्डर सर' | अबकी बार उससे मना करते नहीं बना | उसने बेबी कॉर्न आर्डर कर दिया | सीमा को बहुत पसंद था बेबी कॉर्न | जबसे आनंद को ये बात मालुम हुई थी वो स्टार्टर के तौर पर हमेशा वही आर्डर करता | वेटर के निकलते ही सीमा ने प्रवेश किया |

उसकी चाल में असामान्य तेज़ी थी | यूँ तो आनंद को पता था की अबकी बार सीमा उसे hug नहीं करेगी पर फिर भी एक उम्मीद तो जरूर दबी थी उसके बदन के किसी कोने में | पिछले दो दिनों से, जबसे ये meeting तय हुई थी आनंद अपने मन में इस meeting के हर लम्हे का ना जाने कितनी बार अभ्यास कर चूका था | कब क्या कहना है | क्या

नहीं कहना है | क्या करना है | क्या नहीं करना है | कैसे करना है | अगर वो नहीं हुआ जो उसने सोच रखा है तब क्या करना है उसने ये भी सोच रखा था | इस मुलाक़ात को वो ख़राब नहीं करना चाहता था | १५ साल से इस मुलाक़ात के इंतज़ार में था आनंद | पर इस बार वही हुआ जो उसने सोचा था | आनंद के करीब पहुंचने के बाद भी सीमा की चाल धीमी न हुई | उसने आनंद को अपने सीने से लगाने की कोई मनसा प्रस्तुत नहीं की | वह जल्दी से अपनी कुर्सी से उठा और उसने झुक कर दोनों हाथों से सीमा के पैर छू लिए | सीमा शायद इस हरकत के लिए तैयार नहीं थी | 'अरे आनंद ये क्या कर रहे हो,' कहते हुए उसने झटके से खुद को एक कदम पीछे खिंच लिया |

आनंद सीमा के बिलकुल सामने खड़ा था | दोनों के बिच जितनी दुरी दिखाई पड़ रही थी उससे कहीं ज्यादा दुरी असल में थी | दोनों ने एक दूसरे से कुछ भी नहीं कहा | कुछ क्षण सन्नाटा रहा | हर रिश्ता कभी न कभी ऐसे दौर से गुज़रता है जब दो लोगों के बिच संवाद कम होते हैं और सन्नाटे ज्यादा | इस सन्नाटे में बहुत कुछ कह दिया जाता है और बहुत कुछ सुन लिया जाता है |

वो हमेशा सीमा को अंदर की तरफ बिठाया करता और खुद बाहर की तरफ बैठता, दरवाज़े के फ्रेम के ठीक सामने | कोई ख़ास वजह नहीं थी | शायद वो सीमा को सुरक्षित महसूस करवाना चाहता रहा हो | या शायद साथ में २ सेकंड और बिताने की इच्छा रहती हो | सीमा चुप-चाप जाकर आनंद के बगल में बैठ गयी |

उसे याद आया की एक बार जब सीमा देरी से आई थी तो उसने कैसे चुप रहकर अपनी नाराज़गी जाहिर की थी | जिसके बाद सीमा ने उसे मेरा सोना, मेरा बाबू, मेरा पुचका कह के पुकारा, जबरन उससे लिपट गयी, उसके गाल खींचे, एक छोटा सा सॉरी कहा और उसे आसानी से मना लिया था |

एक स्टील के बड़े से ट्रे में एक सर्विंग बाउल के साथ, सन्नाटे को चीरता हुआ, वेटर अंदर दाखिल हुआ |

'यहाँ रख दीजिए' कहते हुए आनंद ने सीमा के सामने उस ट्रे को रखवा दिया |

'सीमा लो' कहते हुए उसने एक कॉर्न अपने fork में फसा कर उठाया |

'नहीं आनंद | मुझे बेबी कॉर्न पसंद नहीं |'

'कब से?' आनंद ने हैरानी जताते हुए कहा |

'मन भर चूका है इससे | कुछ और आर्डर करते हैना |'

हमारा मन कितना मनमौजी होता हैना | पता नहीं कब ,क्यों, किस्से भर जाए |

'जैसे मुझसे भर गया था' आनंद ने सोचा पर कहा कुछ नहीं | धीरे से आनंद ने menu सीमा की ओर खिसका दिया |

'तुम ही आर्डर करो | पता नहीं क्या क्या बदल गया होगा इतने सालों में!'

सीमा समझ रही थी की ये वाक्य कम और ताना ज्यादा था पर उसने बात को आगे नहीं बढ़ाया | menu पढ़ने में व्यस्त हो गई |

'अरे, १५ साल बाद भी इनका menu तो बिलकुल भी नहीं बदला | वही डिज़ाइन, वही पैटर्न, वही डिशेस |'

'हाँ, कुछ चीज़ें कभी नहीं बदलती,' आनंद ने सीमा की आँखों में झांकते हुए कहा |

इस बार सीमा से नहीं रहा गया | 'हर बात में ताना मारना जरुरी तो नहीं है,' उसने आनंद को लताड़ा |

४ बटर नान, १ पनीर बटर मसाला और एक आलू जीरा आर्डर किया गया |

'तारा तुम्हारे बारे में पूछती रहती है,' आनंद ने शुरुआत की |

'तारा? कौन?'

'मेरी बीवी'

'अच्छा, तो तारा को तुमने बता रखा है हमारे बारे में?'

'हाँ, तुम्हे तो पता ही है मुझे चीज़ें छुपाना पसंद नहीं | और ये किसी तरह का ताना नहीं है | शादी होने से पहले ही बता दिया था मैंने तो |'

'अच्छा, क्या क्या बताया?'

'सबकुछ | हम पहली बार कब मिले थे | कैसे मिले थे | कैसे हमारा रिश्ता तेज़ी से आगे बढ़ा | कैसे झूठ बोल कर हम मिला करते थे | कितना

प्यार था हमारे बिच | और कैसे एक ही झटके में, ६ महीने बाद ही, सारा प्यार काफूर हो गया |'

'फिर तो आपने ये भी बताया होगा की मैं कितनी बड़ी झूठी हूँ और मैंने ही relationship तोडा था?'

इस बार ताना मारने की बारी सीमा की थी |

'नहीं यार, तुम्हे शायद यकीन ना हो पर मैंने आज तक कभी भी किसी से भी तुम्हारे बारे में कुछ भी गलत नहीं कहा | और मुझे बहुत खुशी है इस बात की | उस वक़्त मैं जो भी थोड़ा बहुत अपशब्द कह दिया करता था वो सीधा तुमसे कहता था | हाँ, तुम्हारे झूठ बोलने वाली बात और जो भी कुछ उस वक़्त घटा था जरूर अपने कुछ दोस्तों को बताया था पर मुझे बाद में समझ आ गया की वो मेरी गलती थी |'

'मैं भी तो आपको यही कहा करती थी की हमारे बिच की बात है, दूसरों को क्यों involve करते हो!! पर मेरी बात सुनो तब न!!' सीमा ने मुँह भिचकाते हुए कहा |

'हो गयी यार गलती, काश मैं तुम्हे चुप-चाप चले जाने देता!! तुम यकीन नहीं मानोगी ये पछतावा आज भी हर जगह मेरे साथ चलता है | सच बताऊँ तो मैंने आज तुम्हे इसी वजह से बुलाया है,' आनंद की आँखों में पानी भर आया था |

'किस वजह से?' सीमा की आखें अब भी बंजर थीं |

'तुमसे माफ़ी मांगने के लिए |' आँखों का पानी अब गालों के रास्ते निचे उतरने लगा था |

सीमा ने अपने पर्स से रुमाल निकाल कर उसके आंसू पोंछ दिए |

'अरे, ये तो वही रुमाल हैना जो तुमने हमारी पहली मुलाक़ात पर मुझसे छीनकर अपने पास रख लिया था?'

'जी|'

'वाह, अभी तक संभाल कर रखा है तुमने!' आनंद के चेहरे पर मुस्कान की फुलझरी जल गई |

'हाँ, सोचा आज आपको वापस कर दूँ|'

'नहीं, तुम रख सकती हो |'

'पर मैं नहीं रखना चाहती |'

'जैसी तुम्हारी मर्ज़ी | पर तुमने मुझे माफ़ तो करदिया न ?' आनंद ने रुमाल वापस लेते हुए पूछा |

'मैं कौन होती हूँ आपको माफ़ करने वाली! और वैसे भी आप के हिसाब से तो सारी गलती मेरी थी | फिर अब आप क्यों माफ़ी मांग रहे हो!?' सीमा ने हर शब्द को पुरे तवज्जो से कहा |

'Please सीमा, जो हो चूका उसे बार बार मत दोहराओ न, गलती किसी की भी रही हो पर मैंने भी तो तुम्हारा दिल दुखाया है ! मैंने भी तो 'हमेशा साथ देने वाले वादे को नहीं निभाया न', ना ही 'तुम जब भी मुझे छोड़कर जाना चाहो बेझिझक जा सकती हो' वाले वादे को | तुम सही कहा करती थी | उन दिनों मैं कोई और इंसान बन गया था | तुमने उस वक़्त मुझे छोड़ने का जो फैसला लिया उसके पीछे जरूर कोई वजह रही होगी पर उस वक़्त मैं कुछ भी नहीं देख पा रहा था | मुझे बस ये दीख रहा था की तुम्हारे बगैर मेरे जीवन की रेलगाड़ी पटरी से उतर जाएगी | और इस हादसे के लिए मैं बिलकुल भी तैयार नहीं था | शायद इसलिए मैंने वो सब किया जो मैं सपने में भी करने की नहीं सोच सकता | मैं बहुत स्वार्थी हो गया था सीमा | पर अब मुझे तुमसे किसी भी तरह की कोई शिकायत नहीं |'

आनंद की आँखों में नए आंसू उभर आये थे | उसने अपना माथा निचे कर लिया | अकेले में वो चाहे जितना रो ले, किसी और के आगे रोना उसे अच्छा नहीं लगता | ख़ास कर सीमा के आगे |

'सर, ये रहा आपका आर्डर' वेटर ने अंदर प्रवेश करते हुए कहा | इस जगह की एक यही बात आनंद को पसंद नहीं थी | केबिनस में दरवाज़े नहीं थे | आज भी नहीं हैं | पहले जब दोनों वहां मिलते और एक दूसरे को चूमते तो किसी एक को आँखें खुली रख कर दरवाज़े पर नज़र रखनी पड़ती | हर बार ये जिम्मा सीमा संभालती | सीमा को चूमते वक़्त आनंद निश्चिंत होकर अपनी आँखें मूंद लेता क्योंकि उसे पता होता था सीमा दरवाज़े पर नज़र बनाए हुए है |

'थैंक यू, आप जाइए, हम खुद सर्व कर लेंगे' | सीमा ने बहुत रिक्वेस्ट करने पर इस बार मिलने के लिए हामी भरी थी | बस १ घंटे के लिए | आनंद नहीं चाहता था किसी और की मौजूदगी से उसका ज़रा भी समय

नष्ट हो |

पहले दोनों एक ही प्लेट में खाया करते | उनकी मुलाक़ात के इस वाले हिस्से का बहुत बेसब्री इंतज़ार रहता आनंद को | सीमा को अपने हाथों से खिलाना बहुत पसंद था उसे | आनंद हर एक निवाला इतने प्यार से बना कर सीमा की ओर बढ़ाता मानो अपने बच्चे को खिला रहा हो | और सीमा जानबूझ कर उसे इंतज़ार कराती | कभी अपना मोबाइल चलाने लगती | तो कभी जानबूझ कर धीरे खाती | आनंद हाथ में सीमा के लिए बनाया हुआ कौर लिए प्रतीक्षा करता | कभी उसे देख कर मुस्कुराने लगता | कभी डाँट देता,'पहले खा लो फिर चला लेना मोबाइल' | इस बार आनंद ने सारा कुछ दो प्लेट में बाँट दिया | जैसे अभी उसका मन दो हिस्सों में बंटा हुआ था | आज भी वो सीमा को खुद से खिलाना चाहता था | पर उसे संदेह था इस बार सीमा उसके हाथ से खाएगी या नहीं |

'तुम्हारे घर पर सब कैसे हैं? अमित? तुम्हारी बेटी आशा?'

'सब मज़े में हैं' |

'तुमने कभी मेरा ज़िक्र किया है उनके आगे?' आनंद चाहता था इस सवाल का जवाब हाँ में आए |

'देखो आनंद, रास्ते में टूटे हुए चप्पल को घसीट कर घर तक ले जाना हमारी मज़बूरी होती है, पर टूटे हुए रिश्तों को घसीट कर घर तक ले जाना हमारी बेवकूफी |'

आनंद से जवाब देते न बना | उसने कुछ देर सोचा फिर कहा,'एक बात पूछूं?'

'जी' |

इस 'जी' और सवाल पूछने के दरम्यान जो कुछ माइक्रो सेकण्ड्स का वक्त मिला आनंद को, उसमे आनंद ने सोचा ' कैसे आज भी सीमा के कहे हुए 'जी' को उसके कान दर्ज नहीं कर रहे उसका दिल दर्ज कर रहा है' |

'पिछले १५ सालों में तुम्हे एक पल के लिए भी मेरी याद नहीं आई?'

अचानक सीमा ने टेबल पर रखा पानी का ग्लास उठाया | शायद कुछ अटक गया था उसके गले में |

'सच कहूं तो आई थी याद | पर जब भी याद आई साथ में बहुत सारा गुस्सा भी आया | मैं कभी आपको माफ़ ही नहीं कर पाई |'

आनंद को ऐसा लगा जैसे सीमा के हर शब्द के किनारे नुखिले हों | हर शब्द जैसे एक घाव करता जा रहा हो उसके मन पर |

'हाँ, पर मेरी नफरत जरूर कम हुई है इसलिए तो आज आपसे मिलने आई हूँ,' सीमा ने आनंद के चोटिल होते हुए मन को भांपते हुए अपने कहे में कुछ positive शब्द छिड़कने की कोशिश की |

'सीमा तुम्हे याद है एक बार मैंने तुमसे पूछा था की तुमने अपने ex से बात ही क्यों की तो तुमने कहा था हम चाहे जितना मर्ज़ी नाराज़ हों, एक वक़्त के बाद अपनों को माफ़ कर ही देते हैं और इस हिसाब से तो १५ सालों में मुझे भी माफ़ी मिल ही जानी चाहिए थी,' आनंद ने अपना अंतिम निवाला निगलते हुए कहा |

'आनंद आपकी बात तो सही है पर मुझे खुद नहीं पता मैं आपको माफ़ क्यों नहीं कर पा रही थी!' पहली बार सीमा की आँखों में कुछ दिखा आनंद को | शायद मजबूरी |

'सर, और कुछ लाऊँ?' वेटर ने दरवाज़े पर खड़े होकर पूछा |

'नहीं, बस, इतना काफी है,' सीमा ने जवाब दिया | आनंद कुछ कहने की हालत में नहीं था | वो सीमा के वाक्यों को rewind करके उनमें कुछ ढूंढ रहा था | कुछ ऐसा जिसे पकड़ कर लटका जा सके |

'बिल तो काउंटर पर ही देना होगा न?' सीमा ने पूछा |

'हाँ मैडम' |

'ओके' |

'आनंद, आनंद, कहाँ खो गए?'

'कहीं नहीं'

'एक बात कहूं? मानोगे मेरी बात?'

'कहो न' |

'जैसे हम मरे हुए लोगों को पूरी तरह जला कर राख कर देते हैं उसी तरह मरी हुई ख्वाहिशों को भी पूरी तरह राख कर देने में ही समझदारी है | उनका बोझ सांस लेती ख्वाहिशों से कहीं ज्यादा होता है | उन्हें अपने कंधे पर लेकर घूमना सेहत के लिए कतई अच्छा नहीं | जो होना था वो

हुआ | मुझे भी अब आपसे कोई शिकायत नहीं | मैं आज आपको पूरी तरह से माफ़ करती हूँ,' सीमा की बंजर आँखों में अब थोड़ा पानी भर चूका था |

'सच?' आनंद को यकीन नहीं हुआ अपने कानो पर |

सीमा ने थोड़ा-सा आगे की और झुककर आनंद के होंठों को चुम लिया |

'I am sorry too, उम्मीद है अब हमे कभी मिलना ना पड़े,' कहते हुए सीमा खड़ी हो गई |

उसने कभी स्वीकार नहीं किया पर इस माफ़ी के लिए कितना तड़पा था आनंद और अब जब माफ़ी मिल चुकी है तब भी वह ख़ुश नहीं था | सबकुछ कितनी जल्दी हो गया !

सीमा को देने के लिए आनंद कुछ लाया नहीं था सो उसने अपनी एक नकली मुस्कान सीमा को भेंट कर दी |

वह भी खड़ा हुआ, अपनी हथेली सीमा के सर पर रखी, 'God bless you' कहा और दोनों ने उस जगह को पीछे छोड़ दिया |

2

बंटवारा

'राजू भैया के घर का बंटवारा हो गया,' पापा ने अपने खाने की प्लेट को आहिस्ता से अपनी तरफ खिसकाते हुए कहा |

पूरे परिवार की एक साथ बैठ कर खाने की आदत पापा की ही देन है | बाँकी लोग तो अभी घर पर उपस्थित नहीं हैं | हम तीन लोग - मैं, माँ और पापा फिलहाल यहाँ मौजूद हैं | यूँ तो खाना खाते वक़्त ज्यादा बात नहीं करनी चाहिए पर हमारे यहाँ इस रिवाज़ को ज्यादा महत्व नहीं दी जाती | साथ खाते वक़्त किसी विषय पर बात-चित न हो, ऐसा कम ही होता है और वो भी ऐसी बात-चित जिसमे बात ज्यादा हो और चित कम |

'ओ, होना ही था,' माँ ने अपनी रोटी से एक टुकड़ा अलग करते हुए चर्चा को आगे बढ़ाया |

इस वाक्य के सहज लहज़े ने मुझे एक पल के लिए ठिठका दिया | ऐसा जान पड़ा मानो बंटवारा एक अपरिहार्य घटना हो पर मैंने सर को झुकाए चुपचाप खाना जारी रखा |

राजू अंकल अभिषेक भैया के पापा हैं | अभिषेक भैया मेरे बड़े भाईसाहब के क्लासमेट रहे हैं | उनका घर हमारे गाँव का सबसे बड़ा जॉइंट फैमिली हुआ करता था | मुझे पता नहीं ये नाम किसने रखा पर उनके खानदान को गाँव वाले 'रावण खानदान' भी कहते हैं | जब पहली बार मैंने ये नाम सुना, मुझे थोड़ा अटपटा लगा पर कुछ दिनों बाद मैं भी

इसके इस्तेमाल से अछूता नहीं रहा था |

'तू क्यों चुप हो गया?' जाने कैसे माँ हमेसा मेरी मनोदशा को भांप जाया करती है !

मैंने उनकी ओर देखे बिना ही सर को इंकार में हिला दिया |

'बंटवारा तो होता ही है, इनके यहाँ तो फिर भी काफी देरी से हुआ है,' माँ ने अपने स्वर को थोड़ा ऊंचा करते हुए कहा जैसे की स्वर ऊंचा करने से उनकी बात का वजन और बढ़ जाएगा |

'बता, क्या बात है?' माँ ने दुबारा पूछा |

कितनी अजीब बात हैना - जैसे जैसे हमारी उम्र, हमारी समझ बढ़ती जाती है, हमारे डर भी बढ़ते जाते हैं | काश! डर की भी कोई तय उम्र होती जिससे की ये खुद-ब-खुद मृत्यु की भेंट चढ़ जाते और हमे एक ही डर से बार-बार जूझना न पड़ता |

मेरे मन में छिप कर बैठे सबसे गहरे डर ने एक बार फिर से अपना सर बाहर निकाला - तो क्या हमारा भी बटवारा होगा?

पर मैंने इस सवाल को थोड़ा सा घुमा दिया, 'ये बंटवारा आखिर होता ही क्यों है ?'

'पता चल जाएगा बच्चे, सभी भाइयों की शादी हो जाने दे,' एक व्यंग्य भरी मुस्कान मेरी ओर फेंकते हुए पापा ने पापड़ के टुकड़े करके चावल में मिलाया |

'तो मतलब शादी ही बटवारे की जड़ है ?' इस बार मेरे स्वर में असहजता साफ़ सुनाई दे रही थी |

'शायद | मैंने तो आज तक यही देखा है | शादी के बिना बंटवारे की जरुरत ही नहीं पड़ती |'

'पर शादी के बाद ऐसा क्या बदल जाता है?' मेरी दोनों भौंए थोड़ी ऊपर की ओर उठ गईं , माथे की सिकन सिमट कर भौंओ के बिच में एकत्रित हो गईं और आखें थोड़ी बड़ी हो चलीं|

'जब बच्चे छोटे होते हैं तो उनकी अपनी धारणाएं, अनुभूतियाँ, तौर-तरीके इतने दृढ नहीं होते , वो सुनने के लिए, सिखने के लिए तैयार रहते हैं | बड़े होते ही उन्हें लगता है उन्हें सब कुछ आता है, सब कुछ पता है, वो जो करते हैं या सोचते हैं वही सही है | पहले ना ही उनके पास आय का

कोई विशेष स्रोत होता है पर शादी होने तक इस पहलू का भी समाधान हो चुकता है | और शादी के बाद घर में जो लड़की आती है, उसकी भी अपनी अलग धारणाएं, अनुभूतियाँ, तौर-तरीके होते हैं | और जब उन धारणाओं, तौर-तरीकों का टकराव होता है (सास-ससुर, ननद, भाभी, देवर या किसी और से) तो फिर अलगाव ही एक रास्ता बचता है |'

कुछ क्षण ख़ामोशी रही |

'मगर, दो लोगों की सोच में अंतर होना तो बहुत आम-सी बात है, तौर-तरीकों में टकराव तो हमेशा ही आते रहेंगे इतनी सी बात के लिए परिवार से ही अलग हो जाना क्या सही बात है?' मेरी आवाज़ में थोड़ी कम्पन और थोड़ा भारीपन प्रवेश कर चूका था |

माँ ने जवाब दिया,'सही तो नहीं है पर कभी-कभी साथ रहना और हमेशा साथ रहने में बहुत अंतर होता है | दूर रखी हुई चीज़ और दूर बसे लोग हमेशा ही ज्यादा अच्छे लगते हैं |'

पापा ने अपना बाँया हाथ उठाते हुए माँ को इसारा किया 'लेट मी हैंडल दीस | शायद we humans need to respect & embrace the differences a little more | हमारी एक आदत होती है जैसे ही कुछ ऐसा होता है जो हमारे कम्फर्ट जोन से बाहर हो, हमारे मन के विपरीत हो, हम उससे दूर भागते हैं , हमे लगता है हमारे साथ नाइंसाफी हो रही है ख़ास कर आज के दौर के बच्चों के साथ ये एक बहुत बड़ा मुद्दा है | आजकल बिगड़ी हुई चीज़ों की मरम्मत कोई नहीं करना चाहता सीधा चीज़ ही बदल देना चाहते हैं | हमारे ज़माने में तो फिर भी चीज़ों की मरम्मत करके दुबारा इस्तेमाल किया जाता था | पर मैं सारी गलती बच्चों की भी नहीं मानता, शायद माँ-बाप अपने बच्चों में ये गुण विकसित करने का भरपूर प्रयास ही नहीं कर रहे |'

ऐसा नहीं है की मुझे इल्म ना हो पर अब मुझे समझ नहीं आ रहा था मैं क्या कहूँ तो मैंने अपने लिए एक निवाला तैयार करते हुए एक और सवाल पूछ लिया 'बंटवारे में एक्साक्ट्ली होता क्या है?'

'ज़मीन, जायदाद, घर-बार, बर्तन, कपड़े और जो भी चीज़ें बांटने लायक होती हैं उन सबको भाई-बहन के बीच बाँट दिया जाता है,' माँ ने तपाक से जवाब दिया |

'तो क्या प्यार का भी बंटवारा किया जाता है ?' आखरी कौर निगलते हुए मैंने पूछा |

हलकी सी मुस्कुराहट ओढ़े हुए माँ ने कहा 'बेटा, जब प्यार का बंटवारा हो जाता है उसके बाद ही घर के बंटवारे की जरुरत पड़ती है | जब तक बच्चों की शादी नहीं होती वो सिर्फ अपने माँ - बाप या फिर कुछ यार दोस्तों से प्यार करते हैं पर शादी के बाद जब उनके अपने बीवी-बच्चे हो जाते हैं तो प्यार का बंटवारा हो ही जाता है |'

काश ! प्यार नापने की भी कोई मशीन होती | जाने कितने रिश्ते टूटने से बच जाते |

'मैं आपकी इस बात से सहमत नहीं हूँ | मुझे नहीं लगता नए लोगों को प्यार करने के लिए या किसी को ज्यादा प्यार करने के लिए पुराने लोगों के हिस्से का प्यार कम करना जरुरी है | मेरा मानना है प्यार का बंटवारा नहीं हो सकता, बस, प्यार दिखाने और जताने के तरीकों में बदलाव आ सकते हैं जिस वजह से पुराने लोगों को प्यार कम होने का एहसास जरूर हो सकता है |'

एक दूसरे की तरफ देखते हुए दोनों के चेहरे खिल गए |

'लड़का काफी समझदार हो गया है |'

'इसके शादी का समय आ गया है |'

आप दोनों को तो बस मौका चाहिए - 'मुझे शादी करनी ही नहीं है...

...

शायद, बिजली को भी मेरी ये बात पसंद नहीं आई | अपनी नाराज़गी ज़ाहिर करने के लिए वो हमे अकेला छोड़कर चली गई और इससे पहले की हम पसीने में तर-बतर हो जाते, हमने अपनी पंचायत भंग करना मुनासिब समझा |

3

पारो दीदी

'दूध रख लू' किसी ने आवाज़ लगाई |

सुबह के ८ बज रहे थे | ये माँ के पूजा करने का समय था | डैडी घर में ही बने एक छोटे से ऑफिस में कुछ लोगों के साथ मीटिंग में व्यस्त थे | मेरी नींद खुल चुकी थी पर मैं बिस्तर पर लेटकर अपने कल के 'होम स्वीट होम' वाले फेसबुक पोस्ट के लाइक्स चेक कर रहा था | अमूमन मेरे यहाँ इतनी देर तक कोई नहीं सोता या यूँ कहें की सोने नहीं दिया जाता पर जब आप पुरे दो साल बाद घर लौटो तो थोड़ी बहुत रियायत तो मिल ही जाती है |

मैं कल शाम को ही दिल्ली से वापस घर लौटा था | C.A. की परीक्षा का फाइनल एग्जाम देकर | ये मेरा चौथा प्रयास था | इस बार परीक्षा बढ़िया रही थी और मुझे पूरी उम्मीद थी की नतीजा मेरे हक़ में आएगा |

उसी कर्कस आवाज़ ने २-३ बार फिर से पुकारा | मैं उठकर बाहर निकला तो देखा एक लम्बी, दुबली-पतली औरत अपने दायें हाथ में स्टील की दूध वाली बाल्टी लिए खड़ी थी |

'कौन?' मैंने पूछा |

मेरी आवाज़ सुनते ही वो दो कदम पीछे हट गयीं और जल्दी से बाएं हाथ से अपने नीले रंग की कॉटन की पुरानी सारी का पल्लू उठाकर अपना मुँह ढक लिया |

अब मुझे सिर्फ उनका माथा नज़र आ रहा था | बाकी सारा चेहरा उन्होंने बड़ी कुशलता से ढक लिया था |

'दूध' उन्होंने कहा |

इस बार उनकी आवाज़ में कर्कशता कुछ कम थी | शायद पल्लू होटों के बिच दबे होने के कारण | मैंने रसोईघर के दोनों लकड़ी के पल्लों को धीरे से अपने से दूर धकेला और चौखट लांघ कर अंदर प्रवेश कर गया | स्लैब पर बिखरे पड़े बर्तनों के ढेर में से एक स्टील का पतीला निकाला, उस पर हरे रंग की मोटी जाली वाली छलनी रखी और पतीला उनकी तरफ बढ़ा दिया | उन्होंने बाल्टी को अपने पेट से चिपका कर बाएं हाथ से जकड़ा और दाएं हाथ से ढक्कन खोल कर किनारे ज़मीन पर रख दिया | पूरी एकाग्रता से दूध पतीले में डालकर वो दरवाज़े की तरफ चल पड़ीं | पूजा घर की तरफ देखते हुए उन्होंने 'हम जाइछी ' कहा, दो बार खाँसा और बिना किसी आहट के रवाना हो गईं | मैंने आज पहली बार उन्हें अपने घर में देखा था | या यूँ कहूं की पहली बार देखा पर पूरी तरह देखने से वंचित रह गया था |

कुछ देर बाद जब माँ पूजा समाप्त करके मेरे कमरे में आई तो मैंने जिज्ञासा वस् उनसे पूछा 'माँ, दूध लेकर कौन आता है?'

'वो क्या! पारो दीदी है | शिवालय मंदिर के पुजारी जी की बेटी' माँ ने उत्तर दिया |

हमारे घर से करीबन ५०० मीटर की दुरी पर शिवजी का एक छोटा सा मंदिर है | उसी मंदिर का नाम है शिवालय | कुछ साल पहले मंदिर के बाहर थोड़ी खुली जगह भी हुआ करती थी | जिसे हम (मैं, मेरे भाई और दोस्त) अपने पर्सनल क्रिकेट स्टेडियम की तरह इस्तेमाल किया करते थे | बॉल कभी अंदर मंदिर में चली जाती तो जब पुजारी जी का मूड अच्छा होता खुद ही लौटा देते वरना गुस्से में बहार निकलते, बॉल पटकते और कहते 'बंद करो ये खेल' | ५-१० मिनट रुकने के बाद या तो पुजारी जी खुद चले जाते और हम दुबारा खेलने लगते या फिर उन्हें ये कहकर मनाना पड़ता की 'बॉल अब दुबारा अंदर नहीं जाएगी' | 'अबकी बार आई तो वापस नहीं मिलेगी' कहते हुए वो मंदिर के अंदर लौट जाते | पर बॉल हमेशा वापस मिल जाया करती |

एक बार हद तब हुई जब लेदर की बॉल जाकर सीधा उनके सर के उस भाग पर पड़ी जहाँ से सारे बालों को आज़ादी मिल चुकी थी | हमने बाहर से आवाज़ सुनी और खुद को डांट खाने के लिए तैयार ही कर रहे थे की पुजारी जी तमतमाए हुए निकले और कांपते हुए हाथों से गड़े हुए तीनो विकेट्स ज़मीन से उखाड़ कर खड़े हो गए | जैसा की आम तौर पर होता है, छोटे भाई थोड़े गुस्सैल होते ही हैं | मेरा भाई भी उसी श्रेणी में आता है | उसने तपाक से कहा 'अब निकाले हैं तो घर तक लेकर चलिए' | ये वाक्य सुनते ही पुजारी जी आग-बबूला हो उठे | उनका चेहरा टमाटर की तरह लाल हो उठा मानो सारा खून चेहरे में ही जमा हो गया हो |

'क्या!! लेकर चलें!' कहते हुए उन्होंने विकेट्स वहीं पर पटका और तुरंत वहां से रवाना हो लिए | इस घटना के बाद एक हफ्ते तक हमने वहां खेलना मुनासिब नहीं समझा | उसके बाद जब पुजारी जी का गुस्सा ठंडा हुआ हमने दुबारा खेलना शुरू कर दिया |

माँ ने जैसे ही पुजारी जी का ज़िक्र किया, ये पूरी घटना मेरे आँखों के आगे दुबारा से घट गयी |

पुराने लोग और पुरानी घटनाएं या तो चेहरे पर मुस्कान लाते हैं या उदासी |

चेहरे पर पतली मुस्कान लिए मैंने पूछा 'कब से दूध दे रही हैं दीदी ?' 'करीबन २ साल से, तेरे जाने के बाद से, पर तू मुस्कुरा क्यों रहा है?' माँ ने हैरानी से पूछा |

मैंने जवाब नहीं दिया, दूसरा सवाल पूछ लिया |

'मुझे देखते ही उन्होंने अपना मुँह क्यों छुपा लिया?'

अबकी बार मुस्कान माँ के चेहरे पर थी | ऐसी मुस्कान जो इस बात का प्रतिक होती है की जवाब सिर्फ आपको पता है |

'वो क्या, वो तो उनकी आदत है | किसी भी पुरुष के आगे अपना चेहरा खुला नहीं रखती |'

मेरी दिलचस्पी और बढ़ गयी |

'पर क्यों?'

'क्यूंकि उन्हें पसंद नहीं है | किसी भी लड़के के संपर्क में रहना | उनको घुटन-सी होने लगती है |'

मैंने पहली बार ऐसा कुछ सुना था | मैं दंग रह गया |

अगले दो महीने तक बस कुछ बदलाव के साथ ये दूध रखवाने का सिलसिला जारी रहा | पहला बदलाव - उनके आने के वक़्त पर मैं कसरत कर रहा होता था और एकाग्र होने के कारण मुझे उनके आने की खाँसी भी सुनाई पड़ने लगी | जी हाँ आने की खाँसी | माँ ने मुझे बताया था उन्हें खाँसने की कोई बिमारी नहीं है | ये तो बस उनके आने-जाने का संकेत भर है | दूसरा बदलाव - मैंने दुबारा 'कौन' नहीं पूछा | बाकी सब जस का तस | मेरा कमरे से निकलना | उनका मुँह ढकना | पूरी एकाग्रता से दूध डालना | हम जाइछी कह कर खाँसते हुए बाहर निकल जाना |

हमारी कभी कोई बात नहीं हुई | पर उनसे ये २ मिनट की मुलाक़ात मुझे रास आने लगी थी | शायद उनके लिए मेरे मन में एक आदर का भाव जाग गया था | कुछ अलग होने का आदर | खुद को वास्तविक प्रकट कर पाने का आदर | कुछ सम्बन्ध ऐसे होते हैं जिन्हे आप कभी समझ ही नहीं सकते |

दो महीने बाद मेरा रिजल्ट आ गया | मैं पास हो चूका था | अब मैं अपने नाम के आगे C.A. लिख सकता था | बहुत लम्बा इंतज़ार किया था मैंने इस पल का | रिजल्ट पता चलते ही सबसे पहले मैंने अपने फेसबुक अकाउंट पर जाकर अपने नाम के आगे C.A जोड़ा और एक लम्बी सांस ली | राहत की सांस | सबलोग बहुत खुस थे | मैं भी | बस एक ही दिक्कत थी | मुझे फिर से घर छोड़ कर जाना था | पहले पास होने के लिए घर छोड़ना पड़ा था | अबकी बार सेटल होने के लिए | कितने वक़्त के लिए ? पता नहीं था |

विनोद कुमार शुक्ल जी ने कितना सही कहा है 'घर बाहर जाने के लिए उतना नहीं होता जितना लौटके वापस आने के लिए होता है' |

दो साल बाद घर वापस लौटने पर मेरी खुशी का ठिकाना नहीं था | सुबह के ८ बजे थे | माँ के पूजा का समय था | डैडी किसी काम में व्यस्त थे | मैं बिस्तर पर लेटे हुए अपने कल के विनोद कुमार शुक्ल जी वाले फेसबुक पोस्ट पर लाइक्स चेक कर रहा था |

'दूध रख लू' किसी ने आवाज़ लगाई | मैं बाहर निकला |

एक बूढ़े अंकल दूध की बाल्टी लिए खड़े थे | दूध रखवाकर मैं वापस अपने कमरे में आ गया | माँ पूजा करके मेरे कमरे में आई और पूछा 'खाने में क्या बनाना है?'

'वो बताता हूँ | पहले मुझे ये बताओ की ये दूध वाला कौन है? पारो दीदी नहीं आती क्या?'

'नहीं आती पारो दीदी | '

'क्यों?'

'अरे, उनकी शादी हुई थी १ साल पहले ..'

'शादी!!' मैंने बिच में ही टोका,' पर आप ने तो बताया था की उन्हें लड़कों से घुटन होती है | उन्हें आस पास भी भटकने नहीं देती! फिर शादी कैसे ?'

'उन्होंने खुद से थोड़ी की थी, जबरन करवाई गई थी |'

'क्यों?'

'हर चीज़ की एक उम्र होती है बेटा, वैसे ही ३५ की हो चुकी थी पारो दीदी | अब न होती तो कब होती '

'अच्छा, फिर क्या हुआ?'

'शादी के २ महीने बाद पारो दीदी ने खुद से ही अपने दूल्हे की दूसरी शादी करवा दी, खुद वापस घर लौट आई और जब से वापस आई है किसी के घर नहीं जाती |'

मैं स्तब्ध रह गया |

'सुन्ने में ये भी आया है की २० दिन पहले उसके पति का देहांत हुआ है | किसी बिमारी के कारण | और पारो दीदी वहां जाकर भी आई है |'

मैं पूरी तरह से निशब्द हो चूका था |

२ बार खाँसते हुए किसी ने पुकारा 'भाभी' तब जाकर कमरे में फैला सन्नाटा टुटा |

ये वही कर्कस आवाज़ थी | पारो दीदी की | माँ कमरे से बाहर देखने निकली तो दीदी ने पूछा 'दूध लेम की?'

मुझसे रहा नहीं गया | मैं दौड़कर बाहर निकला | मुझे देखते ही उन्होंने अपना मुँह ढक लिया | बिलकुल वैसे ही | होठों के बिच सारी का पल्लू दबाकर | दीदी अपनी नज़र ज़मीन में गाड़ चुकी थीं | इस बार भी

हमारी कोई बात नहीं हुई | मेरी नज़र उनके माथे पर लगे सिन्दूर पर और उनके गले में लटकते हुए मंगलसूत्र पर पड़ी |

माँ ने जवाब दिया 'ले लेम'|

'बिहान से देम' कहते हुए दीदी निकल गई |

4

इंतज़ार

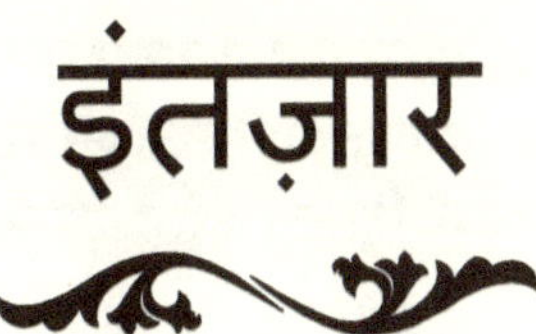

'बस अब २ दिन की तो बात है ' मोहित ने चांदनी को आस्वस्त करते हुए तीसरी बार कहा |

'कितना आसान है न आपके लिए, आपको तो कोई फर्क ही नहीं पड़ता, मैं ही मरी जा रही हूँ आप से मिलने के लिए' कहते हुए उसने काले रंग के रिसीवर को वापस डायलर पर पटक दिया |

अब इस टॉपिक पर और चर्चा करना उसके बस के बाहर था |

भारत में पहली बार मोबाइल फोन का इस्तेमाल यूनियन कम्युनिकेशन मिनिस्टर सुख राम जी और बंगाल के मुख्य मंत्री ज्योति बासु के बिच ३१ जुलाई,१९९५ को किया गया था | इस सदी में मोबाइल फोन होना किसी स्टेटस सिंबल से कम नहीं था | कॉल रेट्स बहुत मेहेंगी हुआ करती थीं | sms का जन्म होना अभी बांकी था | गिने चुने लोग ही मोबाइल का इस्तेमाल किया करते थे | और वो भी काफी सोच समझ कर |

चांदनी के घर में एक ही फोन था | काले रंग का चौकोर लैंडलाइन जिसमे एक नंबर से लेकर ९ नंबर तक के मोटे बटन ३-३ के खानो में बटें थे | उन खानो के ऊपर कुछ और पतले बटन थे जिनका इस्तेमाल पिछले २ सालों में कभी नहीं हुआ था | कुछ गोल बटन निचे भी थे जिनका इस्तेमाल लगातार हुआ करता था | पर एक समस्या थी | फ़ोन चांदनी के पापा के कमरे में उनके बिस्तर के किनारे वाले बौने टेबल पर रखा

हुआ था | सुबह और रात को चांदनी के पापा ही कॉल रिसीव किया करते (फोन में कॉलर id की सुविधा होती तो शायद ऐसा न होता) | मोहित को पापा का कॉल रिसीव करना थोड़ा सा uncomfortable कर देता इसी वजह से मोहित अमूमन दूसरे या तीसरे पहर ही कॉल किया करता |

उस रोज़ भी मोहित ने तीसरे पहर ही कॉल किया था पर चांदनी का मूड कुछ ठीक नहीं था | महीने में १-२ बार ऐसा वाक्या होना आम बात थी | ये १० वां मौका था | मोहित ने गिनती कर रखी थी और चांदनी को चिढ़ाने के लिए उसे याद भी दिलाया करता | वजह वही पुरानी | इंतज़ार |

इंतज़ार और चांदनी के बिच सुरु से ही कड़वाहट रही थी | बचपन से ही | उसकी परवरिश आम बच्चो की तरह नहीं हुई | माँ जन्म देते ही गुज़र गई | पापा की जॉब स्थायी ना होने के कारण चांदनी को १८ वर्ष की आयु तक उसके दादा-दादी ने गाँव में पाला था | दादाजी उसकी हर ख्वाहिश को तुरंत पूरा किया करते चाहे नए स्कूल बैग की फरमाइश हो, नए कपड़ों की, नए किताबों की, नए ट्युशन टीचर की या और कुछ भी | ना ही उसे कभी डांटते और ना ही कभी किसी चीज़ के लिए मना करते | दादी कई बार इसका विरोध करती पर उनके बस में सिर्फ विरोध करना था बाकी सब तो दादाजी के बस में था और दादाजी अपनी पोती की आँखों में आंसू का एक कतरा भी बर्दास्त नहीं कर सकते थे | शायद इसी शाही बर्ताव की वजह से चांदनी के डीएनए में 'व्याकुलता' ने पांव पसार लिया था | यहाँ तक की उसके बात करने के लहजे में भी इसे साफ़ महसूस किया जा सकता था | उसके वाक्यों में पॉज ढूँढना किसी रेगिस्तान में झरना ढूंढने के समान था | एक ही सांस में सब कुछ कह दिया करती मानो सारी बातें पेट से बाहर न निकलीं तो अनपच हो जाएगा |

पिछले ५ वर्षो से सभी लोग गाँव छोड़कर लखनऊ रहने लगे थे | पापा के पास | उनकी जॉब अब स्थायी हो चुकी थी | चांदनी ने अपनी ग्रेजुएशन कि पढाई वहीँ पर पूरी की | लखनऊ में ही ठीक एक वर्ष पहले उसकी सगाई मोहित से हुई | शादी की दो तारीख नीकली | १८ जून और २५ नवंबर | चांदनी की अधीरता के मद्देनज़र शादी जून में ही करने का

फैसला लिया गया | पर शादी से एक हफ्ते पहले ही एक बाइक एक्सीडेंट में लड़के के दाएं पाँव के घुटने में फ्रैक्चर आ गया जिस कारण शादी को २५ नवंबर के लिए टालना पड़ा था |

इंतज़ार में एक बेहतर कल की आस तो होती ही है साथ ही होती है एक टीस | जो हमे लगातार याद दिलाती है की अभी जो है, जितना है वो काफी नहीं है, अभी कुछ कमी है | एक टीस जो हमे लगातार कचोटती रहती है, हमारे जूते के अंदर घुसे छोटे-छोटे कंकर की तरह | बावजूद इसके, जीवन का एक मोटा हिस्सा हम किसी न किसी इंतज़ार के साथ ही गुज़ारते हैं |

कभी बड़ा होने का इंतज़ार | कभी गोरा होने का इंतज़ार | कभी वजन कम होने का इंतज़ार | कभी वजन बढ़ने का इंतज़ार | कभी पैसे कमाने का इंतज़ार | कभी एक बढ़िया नौकरी का इंतज़ार | कभी प्रमोशन का इंतज़ार | कभी नौकरी छोड़ने का इंतज़ार | कभी कुछ बनने का इंतज़ार | कभी किसी के एक कॉल का इंतज़ार | कभी किसी के लौट के आने का इंतज़ार | कभी किसी के दूर जाने का इंतज़ार | कभी एक जीवन साथी का इंतज़ार | कभी बच्चे होने का इंतज़ार | कभी बच्चों के करियर बन्ने का इंतज़ार | कभी स्वस्थ होने का इंतज़ार | कभी खुश होने का इंतज़ार |

जाने अनजाने हम सभी ने इंतज़ार के लिए एक देहलीज़ भी बना रखी है जिसे लांघते ही हम इंतज़ार से और उन सभी लोगो से जो उस इंतज़ार का कारण होते हैं, नाराज़ होने का हक़ पा लेते हैं |

फ़ोन पर बात करने का हुनर हर किसी के पास तो होता नहीं | मोहित के पास भी नहीं था | इसलिए फ़ोन पर ज्यादा बात हो नहीं पाती थी | चिट्ठी लिखना चांदनी को पसंद नहीं था क्योंकि चिट्ठी लिखना बेहद संयम का काम था और जवाब का इंतज़ार करना तो उससे भी ज्यादा संयम का काम था | चांदनी पिछले महीने से मोहित से मिलने की फरमाइश कर रही थी | अब बस | देहलीज़ लाँघि जा चुकी थी |

अगले दिन चांदनी को मनाने के लिए मोहित ने सुबह-सुबह कॉल किया | कॉल रिसीव नहीं हुआ | ५ मिनट बाद उसने दोबारा कॉल किया | फिर से कॉल रिसीव नहीं हुआ | ५ मिनट बाद फिर से कॉल रिसीव नहीं हुआ | दूसरे पहर उसने फिर से कोशिश की | तीसरे पहर भी कोशिश की

| रात को भी कोशिश नाकाम रही | ऐसा पहली बार हो रहा था | इससे पहले जब चांदनी नाराज़ हुआ करती तो पुरे दिन बात भले ही ना करे पर कॉल तो रिसीव होता ही था | उसके पापा रिसीव किया करते थे | इस बार मामला कुछ अलग था |

अगले दिन सूरज के जागने से पहले ही फोन की घंटी ने मोहित को जगाया |

'हैलो, चांदनी?' मोहित ने हड़बड़ा कर कॉल रिसीव किया |

जवाब नहीं आया |

इस ख़ामोशी को मोहित भली-भाती पहचानता था | ये संकेत था चांदनी के दुखी होने का | अत्यंत दुखी होने का | उसने सावधानी पूर्वक अपने स्वर में फिक्र का समावेश करते हुए पूछा 'चांदनी?' 'तुम ठीक तो हो न?'

'दादाजी का देहांत हो गया,' सिसकते हुए चांदनी ने बताया |

कुछ देर ख़ामोशी रही | ऐसी ख़ामोशी जिसमे आपको अपने दिल की धड़कने सुनाई पड़ती हैं |

'पर अचानक से कै .... ?' मोहित ने खुद को एकत्रित करते हुए पूछा |

'परसो आपसे बात करने के बाद उनको दूसरा दिल का दौरा पड़ा | रात को ही उनको हॉस्पिटल ले जाना पड़ा | कल दिन भर उनका इलाज़ चला पर उनको बचाया नहीं जा सका | ब्रम्हा महूरत पर उन्होंने शरीर त्याग दिया | कुछ देर पहले ही उनका शव लेकर हम घर वापस लौटे हैं और अब क्रियाक्रम की तैयारी चल रही है' इस बार चांदनी की आवाज़ में एक अजीब सा ठहराव था | ऐसा ठहराव जो पीड़ा की चरम सीमा को छू लेने के बाद ही आता है |

मोहित जानता था चांदनी पर कितना बड़ा पहाड़ टूटा है | एक तरफ दादाजी के गुज़र जाने की पीड़ा, वो दादाजी जिनके बगैर चांदनी की कल्पना करना असंभव है और दूसरी तरफ फिर से शादी टलने की पीड़ा | जब दो दुःख एक साथ आते हैं तो उनमे प्रधानता तय कर पाना बहुत कठिन हो जाता है |

'मुझे पहले क्यों नहीं बताया ये सब?' मोहित खुद को लाचार महसूस कर रहा था | काश कोई तरीका होता की वो चांदनी को अभी के अभी एक

हग दे सकता |

'सब कुछ इतनी जल्दी हुआ की वक़्त ही नहीं मिला' |

'कोई बात नहीं, मैं अभी निकलता हूँ, अपना ख्याल रखना, बाय, लव यू ' |

मोहित जब शाम को चांदनी के घर पंहुचा तो पापा को एक कोने में बैठे अपने ख्यालों में डूबा पाया |

चांदनी के पापा एक नौकरी पेसा मुलाज़िम थे | किसी बिजनेसमैन के यहाँ | मालिक को समझना थोड़ा मुश्किल था | एकदम से गरम हो जाते | एकदम से ठन्डे हो जाते | बड़ी मुश्किल से उनको दूसरी बार शादी की तैयारिओं के लिए ‍हफ्ते की छुट्टी मिली थी | सारी तैयारियां हो चुकी थी | होटल बुक हो चुके थे | कार्ड बांटे जा चुके थे | कैटरर बुक कर लिया गया था |

अब अगली तारीख पता नहीं कब की निकलेगी !

छुट्टी मिलेगी या नहीं !

होटल, कैटरर मिलेंगे या नहीं !

एकलौती बेटी की शादी धूम धाम से करने का सपना पूरा होगा या सपना ही रह जाएगा !

शायद यही सब सोच रहे थे | मोहित ने नज़र घुमाई तो चांदनी को देखा | उसकी भी नज़र मोहित पर पड़ी | दोनों ने एक दूसरे को देखा और कुछ देर बस देखते रहे | जैसे आँखों से बात कर रहे हों | सहसा चांदनी भीड़ के बिच से उठी और अपने कमरे की ओर बढ़ने लगी | मोहित को पता था आगे क्या करना है | कमरे में पहुंचते ही उसने चांदनी को एक लम्बी, मौन झप्पी दी |

जब दादाजी के अंतिम संस्कार का काम समाप्त हुआ और मोहित वापस लौटने के लिए कमरे में रखे गोल शीशे के आगे अपने घुंघराले बालों को सीधे कर रहा था पापा ने मोहित को अपने पास बुलाया |

'बेटा, आज सुबह मेरी पंडितजी से बात हुई, उनका कहना है २ महीने बाद एक शुभ महूरत है, तुम्हारे घर वालो से बात हो चुकी है, अगर तुम राज़ी हो तो डेट फिक्स कर सकते हैं,‍ पापा ने उम्मीद भरी निगाह से मोहित की तरफ देखा |

'मुझे क्या ऐतराज़ हो सकता है पापा, एक बार चांदनी से .... ' मोहित ने पापा के हाथ पर अपना हाथ रखा ही था की पापा ने धीरे से कहा 'चांदनी क्यों मना करेगी भला !'

'ठीक है पापा, आप लोग जैसा सही समझें' |

देर हो रही थी | बाहर ऑटो इंतज़ार कर रहा था | चांदनी उसे बुलाने गई तो उसने सारी बातें सुन ली | कमरे से निकलते ही चांदनी ने मोहित का हाथ थाम लिया और उसे बाहर तक छोड़ने गई |

'मुझे समझ नहीं आ रहा, कुछ दिन पहले ही तो दादाजी गुज़रे हैं, अभी तो मैं ठीक से दुखी भी नहीं हो पाई हूँ, इतनी जल्दी खुशियां मनाना सही होगा क्या?' बिच रास्ते में चाँदनी ने पूछा |

'चांदनी मैं समझता हूँ तुम किस मझधार में हो, पर अब और डिले करना सही होगा क्या? पापा की हालत भी समझना जरुरी है | शादी दो बार टल चुकी है | जितना ज्यादा वक़्त बीतेगा, उनकी दिक्कतें उतनी ज्यादा बढ़ती जाएगी' |

क्या किसी का गुज़र जाना वाकई कोई दुखद घटना है? और अगर है तो इस दुःख को प्रकट करने का सही तरीका क्या है ? मायूस बने रहना ? अगर हाँ, तो कितने दिन, महीने, साल ?

'अगर दादाजी से पूछा जा सकता, तो तुम्हे क्या लगता है वो इस वक़्त क्या कहते?' मेरे लिए शोक मनाओ या चांदनी की खुशियों की तैयारी करो?'

'ये भी कोई पूछने की बात है भला !' चांदनी के चेहरे पर १४ दिन बाद मुस्कुराहट दिखाई पड़ी |

अबकी बार शादी की तारीख २५ january तय की गयी |

'कुछ दिनों से भारत के अलग अलग शहरों से लोगों के बीमार होने की खबरें लगातार आ रही हैं | लोगों में तेज़ बुखार, सर्दी, खांसी जैसी शिकायतें बढ़ती जा रही हैं | कई मौते भी हो चुकी हैं | और ये हाल सिर्फ भारत का ही नहीं दुनिया के अलग-अलग देशों का है | वर्ल्ड हेल्थ आर्गेनाइजेशन ने इसे covid का नाम दिया है और इसे महामारी घोसित कर दिया गया है | आसार हैं की बाकी देशों की तरह भारत में भी इसके संक्रमण को रोकने के लिए २० january से अनिश्चित समय के लिए

लॉकडाउन लगाया जाएगा | इस लॉकडाउन में सभी लोग अपने-अपने घरों में ही रहेंगे | किसी प्रकार की कोई भीड़ इकट्ठा नहीं हो सकेगी | शादी, पार्टी सब पर रोक लगाई जाएगी,' दूरदर्शन पर ये न्यूज़ देखते ही चांदनी का मन विचलित हो उठा | उसने तुरंत मोहित को कॉल लगाया |

'हैलो, कौन?' मोहित ने पूछा |

जवाब नहीं आया |

'चांदनी?' 'तुम ठीक तो हो न?'

5

रोहित

मैंने हिचकिचाते हुए रोहित की दूकान में प्रवेश किया | इतने वर्षों में पहली बार हमने एक दसूरे से बात की | नहीं, ऐसा नहीं था की हमारे बिच किसी किस्म का झगड़ा था या मन-मुटाव था बस पडोसी होते हुए भी हमे कभी बात करने की जरुरत नहीं पड़ी और बिना जरुरत के कौन किसी से बात करता है भला | आज भी जरुरत न पड़ती अगर आस-पास की सभी मोबाइल की दुकानें बंद ना होतीं |

'हेलो, रोहित', मैंने अपने चेहरे से असहजता छुपाने की भरपूर कोशिश की |

'हेलो, भैया', वो मुझसे करीब ३-४ साल छोटा होगा |

'रिचार्ज करवाना था |'

'हाँ, बताइए, कितने का करें?' जहाँ तक मुझे याद पड़ता है आज पहली बार मैंने उसे मुस्कुराते देखा था |

'tarriff वाला, १ महीने का validity रहता है जिसमे |'

कुल दो मिनट के अंदर मेरा काम हो गया और मैं वहां से रवाना हो लिया |

घर लौटते हुए मैंने खुद से पूछा 'यार मैं हमेशा से इसी से रिचार्ज क्यों नहीं करवाता था!! कितना विनम्र बंदा है, मुझे बेकार ही खड़ूस लगता था |'

खैर, इस मुलाक़ात के बाद से मेरा उस दूकान पर जाना काफी आम बात हो गई थी | अब मेरे पास उसका मोबाइल नम्बर भी था | मझे जब भी कोई इमरजेंसी होती मैं उसे call या msg कर दिया करता और वो बिना किसी सवाल-जवाब के मेरा काम कर देता |

एक रोज़ मैं रोहित की दूकान पर गया तो काउंटर पर कोई और बैठा था |

मैंने पूछा,'रोहित नहीं है?'

'recharge करवाना है क्या?'

'जी', मैंने जवाब दिया |

मैंने नंबर बताया, पैसे दिए, रिचार्ज हो गया |

इस घटना क्रम के बारे में सोचता हुआ जब मैं घर पंहुचा तो घर का माहौल कुछ गरम दिखाई पड़ा | भैया ड्राइंग रूम में बैठा बुदबुदा रहा था और माँ किचन में | मैंने जैसे ही किचन के अंदर कदम रखा, माँ बरस पड़ी,"तेरे भैया को प्रीती पसंद है, कहता है उसी से शादी करूँगा" |

मेरे मुँह से जाने क्यों 'अरे वाह!' निकल गया | मानो मैंने गरम तवे पर पानी के छींटे डाल दिए हों |

"वाह क्या है इसमें! तुम सब के सब एक ही थाली के चट्टे-बट्टे हो", बर्तन पटकते हुए माँ ने मुझे घूरते हुए कहा |

मैंने इस वक़्त नादानी में एक और गलती कर दी | मैंने माँ को याद दिला दिया की माँ हमेशा क्या कहा करती थी |

मैंने कहा,'पर आप ही तो हमेशा कहते थे की लव मैरिज से आपको कोई ऐतराज़ नहीं है और अगर कोई लड़की पसंद हो तो आपको पहले ही बता दें ताकि बाद में कोई दिक्कत ना आए, फिर अब जब भैया बता रहा है तो दिक्कत क्या है?!'

मैं अभी इतना समझदार नहीं हुआ था की मुझे ये मालूम हो की हमारे कहने और हमारे करने में ज्यादातर एक फासला रहता है | कभी ये फासला एक 100 metre की sprint जितना होता है और कभी 42km की marathon जितना |

"ज्यादा बेहेस तो कर मत!" माँ ने अपना ब्रह्मास्त्र फेंका |

भैया जो ड्राइंग रूम में बैठा हमारी सारी बातें सुन रहा था बिना देरी किए किचन में घुसा और कहा, 'ठीक ही तो कह रहा है' |

वैसे हम चाहे जितना मर्ज़ी एक दूसरे की टांग खींचते हो पर जब जरुरत पड़ती है हम हमेशा एक दूसरे के लिए लड़ पड़ते हैं | भाइयों का रिश्ता बहुत ही अनोखा होता है |

भैया ने अपनी बात आगे बढ़ाई,'आप तो वैसे भी जानते ही हो प्रीती को और वो हमेशा से आपको पसंद भी थी, फिर अब आप ऐसे क्यों रियेक्ट कर रहे हो मेरी समझ में नहीं आ रहा!?'

माँ ने झल्लाते हुए कहा,"पसंद करने का ये मतलब थोड़ी है की उससे शादी करवादें | पसंद तो मुझे सोभा आंटी की लड़की भी है, बोल, करेगा उससे शादी?"

'कुछ भी बोलते हो आप | मुझे पता है आपको उसकी caste को लेकर इशू है' |

"जब पता है तो ज़िद क्यों कर रहा है?" इस वक़्त तक माँ उबाल के बेहद करीब पहुँच चुकी थी |

'अरे मम्मी, कौन से ज़माने में जी रहे हो आप, अब ये caste-waast कोई नहीं मानता | कितनी आउटडेटिड सोच है आपकी | '

"हाँ बेटा, एक उम्र के बाद, माँ बाप की सोच आउटडेटिड लगने ही लगती है" इस बार माँ की आवाज़ में गुस्सा कम और दुःख ज्यादा था |

'छोड़ो यार, आपसे तो बात करना ही बेकार है, मैं पापा से ही बात करूँगा अब', कहते हुए भैया वहाँ से रफू-चक्कर हो गया |

मैं भी वहां से निकलने ही वाला था इतने में माँ फिर से शुरू हो गई,"पास वाले रोहित को तो जानता ही होगा तू?"

मैंने कुछ कहा नहीं बस अपना सर 'हाँ' में हिला दिया |

"उसके बड़े भाइ की भी inter-caste शादी हुई थी | देशवाली लड़की से |"

(माँ के हिसाब से दुनिया में सिर्फ़ दो ही caste हैं - एक मारवाड़ी और दूसरा देशवाली | उनके हिसाब से जो भी लोग मारवाड़ी नहीं हैं, वे सभी देशवाली हैं)

'तो?' मैंने पूछा |

"तो पूछता है!! उसका डाइवोर्स हो चूका है | जबकि रोहित की शादी मारवाड़ी लड़की से हुई है | कोई दिक्कत नहीं है उसकी शादी में |"

एक पल के लिए मुझे झटका सा लगा | ना मुझे रोहित के भाई की शादी का पता था और ना ही रोहित की शादी का |

मैंने खुद को सँभालते हुए कहा,'पर शालू भुआ के बेटे की भी तो inter-caste शादी हुई है, और आप लोग तो भाभी की तारीफ़ करते नहीं थकते | माँ सारे लोग एक जैसे थोड़ी ना होते हैं | और प्रीती दीदी तो बिलकुल भी वैसी नहीं है | आपको तो पता ही है |'

'क्या पता कौन कब बदल जाए!' माँ ने मुँह फेरते हुए कहा |

'ये बात तो फिर हर किसी पर लागू होती हैना, चाहे वो अपने caste की हो या दूसरे caste की हो |'

'नमस्ते आंटी' प्रीती दीदी मुस्कुराते हुए अचानक घर के अंदर दाखिल हुई और माँ के पाओं छुए | मुझे शक हुवा माँ आज भी हर बार की तरह उन्हें आशीर्वाद देगी या पुरानी फिल्मों की सास की तरह अपने पाओं पीछे खिंच लेगी |

माँ ने उनके सर पे हाथ रखा और एक बड़ी-सी स्माइल के साथ कहा,"खुश रहो बेटी, अचानक से कैसे आना हुआ?"

माँ का अभिनय देख कर मैं थोड़ा दंग रह गया! कोई कह नहीं सकता था अभी दो मिनट पहले इसी इंसान की वजह से माँ का पारा चढ़ा हुआ था!!

'वो मोबाइल रिचार्ज करने आई थी रोहित की दूकान पर तो सोचा आपसे मिलती चलूँ |'

'मुझसे या अमित से?' ये समझ पाना मुश्किल था कि ये ताना था या माँ उनको चिढ़ा रही थी |

दीदी थोड़ी असहज हो गयीं | उन्होंने जवाब नहीं दिया, उल्टा सवाल पूछ लिया |

'आपको पता है आंटी रोहित को घर से निकाल दिया गया है?'

'क्या!! ये कब हुआ!!'

'कल रात को | मैं अभी रिचार्ज करवाने गई थी तो रोहित नहीं था दूकान पर | पूछने पर पता चला उसका किसी और लड़की के साथ affair

चल रहा था |'

"हे भगवान्, आजकल तो किसी का कुछ पता ही नहीं चलता |"

माँ ने मेरी तरफ नज़र घुमाई | मैं भी उनकी तरफ ही देख रहा था | उतनी ही हैरानी से जितनी हैरानी से माँ मुझे देख रही थी | कुछ seconds के लिए शान्ति फ़ैल गई | ऐसी शान्ति जिसमे ज्ञान का बोध होता है |

"जा बेटा, अमित से मिल ले, ऊपर अपने कमरे में होगा |"

इससे पहले की मैं उनसे कोई सवाल पूछता, उन्होंने ही कहा, "भैया से कहना पापा से बात करने की जरुरत नहीं है | मैं करूँगी उनसे बात |"

6

परिवार

"मम्मी, पापा ज़मीन पर क्यों सोए हुए हैं?" नेहा ने ज़मीन पर सुन्न बैठी अपनी मम्मी के कंधे को हिलाते हुए पूछा |

कविता अपनी ६ साल की बच्ची को कैसे बताती की उसके पापा अब कभी भी उसके साथ 'त्या' नहीं खेलेंगे, कैसे बताती की अब कभी भी ऑफिस से लौटते वक़्त उसके लिए चॉक्लेट्स नहीं लाएंगे, कैसे बताती की उसकी पार्क जाने की ज़िद कभी पूरी नहीं कर पाएंगे, कैसे बताती की उसके पापा सोए नहीं हैं, इस दुनिया को और उन दोनों को हमेशा के लिए छोड़कर जा चुके हैं | इतने छोटे बच्चे को कोई कैसे बता सकता है! उसने सिसकते हुए अपनी बच्ची को गले से लगा लिया |

'चलो, चलो, अंतिम संस्कार का समय हो गया है', कहते हुए मैंने इस नाज़ुक स्तिथि को सँभालने की कोशिश की |

चीखने, चिल्लाने, करहाने की आवाज़ों के बिच लाश को ज़मीन से उठा कर बेंत के बने शैया पर रख दिया गया | चारो कोने से चार लोगों ने शैया उठाकर अपने कंधे पर रख लिया | उन चार लोगों में कविता के जेठ, उनका लड़का, मैं और मेरे जैसे ही उम्र के एक और समाज सेवक शामिल थे जो आज इस परिवार का दुःख बाटने आए थे |

आप सोच रहे होंगे मैं कौन हूँ | मेरा नाम अशोक है | उम्र है ४५ साल | वैसे तो मुझे समाज के अधिकतम कार्यों में आमंत्रित किया ही जाता है पर किसी के मरनी पर मुझे ख़ासकर बुलाया जाता है | करीबन २५ वर्ष

"

की उम्र से ही मैं ऐसे कार्यों में अपना योगदान देता आया हूँ | मेरा अपना परिवार तो वैसे भी नहीं है - एक बेटी थी जिसे ५ वर्ष पहले ही व्याह दिया, पत्नी को गुज़रे करीब ३ वर्ष बीत चुके हैं | ऐसे में समाज को ही मैंने अपना परिवार मान लिया है | मुझे जैसे ही इस हादसे की खबर मिली मैं पहुंच गया अपना फ़र्ज़ निभाने |

इस परिवार की गिनती हमारे शहर के अच्छे परिवारों में होती है | 'अच्छे' से मेरा मतलब समृद्ध रूप से नहीं है बल्कि व्यावहारिक रूप से है | भाईओं और बहुओं का आपसी प्रेम पुरे शहर में चर्चा का विषय रहता है | पर आज मुझे इस घर का वातावरण कुछ अलग महसूस हो रहा है | आप सोच रहे होंगे की मैं कैसी बचकानी बात कर रहा हूँ जिसके यहाँ किसी का निधन हुआ हो वहां का वातावरण तो अलग होगी ही | मैं पूरी तरह से सहमत हूँ आप से | आपकी जानकारी के लिए बताना चाहता हूँ की मैं किसी और वातावरण की बात कर रहा हूँ | अमूमन इस परिवार में हमेशा एकजुटता दिखती है | कभी किसी लड़ाई झगडे की बात सामने नहीं आती | सारे लोग हमेशा एक दूसरे के सुख दुःख में एक दूसरे के साथ रहते हैं | लेकिन चौंकाने वाली बात ये है की आज इस दुःख की घडी में कविता का देवर, उसकी पत्नी और उसके दोनों बच्चे यहाँ मौजूद नहीं हैं | सुनने में आ रहा है की कुछ पैसों का मसला है |

'अशोक जी, क्या आप थोड़ी देर के लिए मेरे साथ चलेंगे?'

मेरा पूरा ध्यान जलती हुई चिता पर था | मैंने ना जाने कितनी चिताएं जलती हुई देखि हैं पर फिर भी जब कभी मैं एक नई चिता देखता हूँ मेरी मरती हुई पत्नी का सवाल मेरे जेहन में लहर की तरह उफान मारने लगता है - सारा कुछ तो हम यहीं छोड़ जाते हैं रिश्ते-नाते, धन, शोहरत तो फिर आखिर इंसानी जीवन में सबसे जरुरी क्या है?

मैं इसी सवाल का जवाब ढूंढने में मसगुल था की एक आवाज़ आई 'अब चलें?'

'माफ़ कीजिएगा, मेरा ध्यान कहीं और था, आप कुछ कह रहे थे?'

"कुछ बात करनी थी आपसे |"

'जी चलिए, मुझे भी आपसे कुछ पूछना है |'

हम दोनों एक ऐसे कोने में खड़े हो गए जहाँ से चिता भी दिखे और बिदाई लेते लोग भी |

"मुझे नहीं पता ऐसी बातों के लिए ये समय सही है या नहीं पर बात ज़रा गंभीर है इसलिए अभी ही कहे देता हूँ | दरअसल, मैं कविता की दूसरी शादी के बारे में सोच रहा था | अभी उम्र ही क्या है उसकी | ३५-४० साल की है | सारा जीवन पड़ा है उसके आगे | और मुझे उस नन्ही सी बच्ची की भी फिक्र सताए जा रही है |"

'सोच तो आपकी बुरी नहीं है पर मुझे ऐसा क्यों लग रहा है की बात कुछ और भी है?'

आपसे क्या छुपाना, बात बस इतनी सी है की मैं एक कपडे की दूकान में काम करने वाला छोटा सा कर्मचारी हूँ | मेरी तनख्वाह बस इतनी सी है की मुश्किल से मेरी पत्नी और दोनों बच्चों का पेट भर सकूँ | अभी तक घर का मोटा खर्चा कविता का पति ही संभालता आया था पर कल रात उसके देहांत के बाद से पैसों की तंगी महसूस होने लगी है | मैंने जब छोटे भाई से क्रियाक्रम के लिए पैसे मांगे तो वह मुझ पर बिफर गया | कहने लगा 'इतना तमाशा करना ही क्यों है! सस्ते वाला क्रियाक्रम कर देते हैना' |

गुस्सा तो मुझे बहतु आया उसपर पर मैंने किसी तरह खुद पर काबू कर लिया | कुछ देर की बेहेस के बाद जब मैंने उससे कहा की क्रियाक्रम तो सही ढंग से ही होगा, पैसों का बंदोबस्त मैं किसी भी तरह कर लूँगा पर अब घर खर्च में उसे मेरा हाथ बंटाना होगा तो उसने साफ़ इंकार कर दिया | कहने लगा मैं अपने पैसे किसी के साथ नहीं बांटूंगा | जब मुझे कोई रास्ता निकलता नहीं दिखा तो मैंने कविता की शादी का सुझाव दिया ताकि पैसों का बोझ ज्यादा ना बढे लेकिन उसने इस सुझाव को भी सिरे से खारिज कर दिया | 'कुछ ही साल में संन्यास लेने की उम्र हो जाएगी भाभी की!! ऐसे में दूसरी शादी की क्या जरुरत है! और, लोगों की भी सोचिए, लोग क्या कहेंगे!! समाज में रहना दुस्वार हो जाएगा हमारा, अगर आपने ऐसी बात सोची भी तो मैं घर छोड़कर चला जाऊंगा' ये थे उसके शब्द | इस बार मैं भी खुद पर काबू ना कर सका और उसे निकल जाने को कह दिया |

'अच्छा, तो इसलिए आज उसका परिवार मौजूद नहीं है |'

"जी हाँ, पर बात ये है की उसके घर छोड़कर चले जाने से भी कविता और उसकी बच्ची की जिम्मेदारी का सवाल जस का तस बना हुआ है | मुझे नहीं लगता मैं अकेले इस जिम्मेदारी का निर्वाह कर पाउँगा | मुझे आपकी सहायता चाहिए |"

'कैसी सहायता?', उनकी आँखों में मुझे थकान दिखाई पड़ी | जैसी थकान अक्सर एक परिवार सँभालने वाले की आँखों में हुआ करती है |

"मुझे पता है की पत्नी के देहांत के बाद से आप भी पूरी तरह से अकेले हैं | धीरे-धीरे आप भी बूढ़े होते जा रहे हैं | कुछ समय बाद आपको भी देखभाल की जरुरत पड़ेगी ही तो क्यों न आप ...."

मुझे समझ आ चूका था आगे वो क्या कहने वाले हैं | मैंने उन्हें बिच में ही रोक दिया | मुझे बिलकुल भी इल्म नहीं था की ये बातचीत ऐसा मोड़ ले लेगी |

'देखिए, आप शायद गलत इंसान से मदद मांग रहे हैं | अकेला होने में और अकेलेपन काफी अंतर है | मैं अकेला जरूर हूँ पर मुझे अकेलापन महसूस नहीं होता | मैं आज भी अपनी पत्नी से बहुत प्यार करता हूँ और मैं उसके हिस्से का प्यार किसी और के साथ नहीं बांटना चाहुंगा |'

"माफ़ कीजिएगा, मैं आपकी भावनाओं को ठेस नहीं पहुँचाना चाहता था | मैं तो बस कोई हल निकालने की कोशिश कर रहा था |"

'कोई बात नहीं | मैं आपकी परेशानी समझ सकता हूँ | मुझे अभी-अभी याद आया की मेरी ही उम्र के मेरे एक रिश्तेदार हैं जिनकी शादी नहीं हुई है अभी तक | अगर आप कहें तो मैं उनसे बात कर सकता हूँ |'

"क्यों नहीं! मैं आपके जवाब का इंतज़ार करूँगा |"

तभी एक बड़े तोंद वाला इंसान जिसने वस्त्र के नाम पर बस एक सफ़ेद धोती पहना हुआ था राख के ढेर को और उसके आस पास की जगह को साफ़ करने लगा |

हम भाग कर वहां पहुंचे |

'अरे! ये क्या कर रहे हो?' मैंने पूछा |

'तुमलोग कौन?' उसने उल्टा सवाल पूछ लिया |

'ये हमारी चिता है, मेरा मतलब थी', मैंने जवाब दिया |

'अच्छा, मैं इधर का caretaker है | तुमलोग को जो चाहिए यहाँ से उठा लो और ये जगह खाली करो, दूसरी चिता की तयारी करने का है मेरे को', उसकी आवाज़ में एक अजीब रुखरापन था |

हमने ज़रा सी बची हुई राख को एक लोटे में डाला और वहां से निकल गए |

7

ब्लू फिल्म

एक रात करन बाल-बाल बचा |

हुआ यूँ की रात के २ बजे थे | करन अपने बिस्तर पर लेटा हुआ था | पेट के बल | उसकी ठुड्डी तकिये पर खड़ी थी और उसकी कोहनियां तकिये के दोनों किनारों पर पड़ी थीं | आँखों के बिलकुल सामने था उसका मोबाइल फ़ोन जो उसने अपने हाथ में पकड़ा हुआ था | उसके कान में earphones लगे थे | पर सब कुछ ढका हुआ था | चादर से | कमरे की बत्ती बुझी हुई थी | बाहर से देखने पर किसी को पता नहीं लग सकता था अंदर क्या हो रहा है | पिछले एक घंटे से करन नई 'ब्लू फिल्म' तलाश रहा था | कुछ ऐसा जो उसने पहले कभी न देखा हो | इस खोजबीन में उसे पता ही नहीं लगा कब मोबाइल के सिरे में लगी हुई earphone की पिन ढीली हो गई | ठीक इसी वक़्त करन के पापा ने करन के कमरे की ओर बढ़ना शुरू किया | उनको बाथरूम जाना था | बाथरूम आँगन में था | और आँगन तक पहुंचने के लिए करन के कमरे से होकर गुज़रना पड़ता था | आखिरकार करन को एक वीडियो मिला | उसने पुरे उत्साह के साथ प्ले बटन दबा दिया | अब कुछ आवाज़ उसके कान में जाने वाली थी तो कुछ आवाज़ पापा के कान में जाने वाली थी | २ सेकंड बाद भी जब वीडियो चालू नहीं हुई, करन को लगा कुछ गड़बड़ है | उसकी नज़र मोबाइल के ऊपरी कोने पर गई | २ सेकंड पहले वहां जो wi-fi का सिग्नल था वो गायब हो चूका था | उसने चिढ़ते हुए चादर उघार कर

router की ओर देखा तो उसकी नज़र पापा पर पड़ी | वो दरवाज़ा खोल कर आँगन की तरफ जा रहे थे | उसने जल्दी से अपना सर चादर के अंदर किया तो उसकी नज़र ढीली हो चुकी पिन पर पड़ी | उसकी आँखें फटी रह गईं | 'Thank God' उसने एक राहत की सांस ली , जल्दी से मोबाइल, earphone तकिये के निचे छुपाया और अपनी आँखें मूंद ली |

पहली बार करन ने 'ब्लू फिल्म' शब्द अपने घर के पास वाले खेल मैदान में सुना था | आजकल इस शब्द का शायद ही कोई इस्तेमाल करता हो | अब ये 'पोर्न' के नाम से प्रचलित है | शाम का वक़्त था | कुछ लड़के फुटबॉल खेलकर आराम करने बैठे थे | उनमें से एक लड़का करन का पसंदीदा प्लेयर हुआ करता था | वो भी करन को जानता था सो उसने करन को अपने फुटबॉल से खेलने की अनुमति दे दी | करन उनके करीब ही था | इतने करीब की उनकी बातें सुन सके | फुटबॉल को ऊपर हवा में उछाल कर कभी घुटने से मारता तो कभी अपने पंजे से | तभी उसने सुना वो लड़के खुसफुसा रहे हैं | उसने देखा सबके चेहरे पर एक दबि हुई हंसी है | गौर करने पर उसे सुनाई पड़ा की वो लोग किसी 'Ren tv' की बातें कर रहे हैं | उसने सुना की देर रात को 'Ren tv' पर 'ब्लू फिल्म' आती है जिसमे 'सेक्स' दिखाया जाता है | वो लोग छुपकर देखते हैं | करन को याद आया उसने sex के बारे में अपनी स्कूल की किताब में पढ़ा था | पर उसे ना तो उस वक़्त ठीक से समझ आया था ना ही अभी आता था |

उसने अपने कौतुहल को शांत करने के लिए २-३ बार 'Ren tv' देखने का असफल प्रयास किया | असफल इसलिए क्योंकि उसने प्रयास करने का मन तो बना लिया | रात को सोने की एक्टिंग भी कर ली | चुपके से उठ कर drawing room का tv भी चला लिया | mute करके | पर जैसे ही वो mute का बटन दबाता, पकडे जाने का डर उसपर इस कदर हावी हो जाता की उसका सारा शरीर कॉपने लगता | शरीर का तापमान अचानक बढ़ जाता | तलवे और हथेलियां ठन्डे पड़ जाते | वो जल्दी से tv बंद कर देता और वापस सोने चला जाता |

करन बचपन से ही जिज्ञासु बच्चा था | अपने माँ बाप का एकलौता बच्चा | ना भाई ना बहन | स्कूल में भी ज्यादा दोस्त नहीं थे उसके | बस १-२ लड़के दोस्त | ऐसा नहीं है की उसके स्कूल में या उसकी क्लास में

लड़कियां नहीं थीं पर वो किसी से बात नहीं करता था जब तक की कोई उससे खुद बात ना करे | थोड़ा शर्मीला था | इतना शर्मीला की जब कभी वो बाज़ार जाता, कुछ सामान लाने, तो उसी दूकान में प्रवेश करता जहाँ उसको लड़कियों का सामना न करना पड़े, चाहे दुकानदार हो या कस्टमर |

१५-१६ वर्ष की आयु के बाद से उसके शरीर में कुछ परिवर्तन होने लगे थे | कभी-कभी वो जब सोकर उठता तो देखता उसका 'लिंग' अपने आप ही 'बड़ा' हो चूका है फिर थोड़ी देर बाद अपने आप ही 'छोटा' हो जाता | कभी कभी उसे ऐसा लगता मानो उसने नींद में अपनी चड्डी में ही पेशाब कर दिया हो पर जब नींद खुलती तो देखता की पेशाब नहीं किया है बस उसकी चड्डी में एक जगह पर हल्का गीलापन है | इन बातों का मतलब उसे समझ नहीं आता | ना ही ये समझ आता की ये बातें उसे किसी से share करनी चाहिए या अपने तक ही सिमित रखनी चाहिए | वह हमेशा दूसरा ऑप्शन चुनता |

हाई स्कूल की पढ़ाई समाप्त होने के बाद, १८ वर्ष की आयु में उसने 'फुटबॉलर' बनने की ठानी | जहाँ वो रहता था वहां पर फुटबॉल प्रैक्टिस करने का कोई ख़ास scope नहीं था | सो उसे दूसरे शहर भेज दिया गया | एक क्रिस्चियन कॉलेज में उसका एडमिशन हो गया | रहने की व्यवस्था भी कॉलेज के ही ४ मंजिला हॉस्टल में हो गई | अब वो पढ़ाई के साथ-साथ फुटबॉल की प्रैक्टिस भी करने लगा |

एक रोज़ जब वो फुटबॉल प्रैक्टिस करके वापस हॉस्टल लौट रहा था, उसके एक साथी खिलाडी ने उसे एक ऑफर दिया | 'आज मैंने अपने रूम पर एक लड़की बुलाई है, वैसी वाली लड़की, तू चाहे तो मेरे साथ आ सकता है, दोनों भाई मिलकर करेंगे,' उसने करन को आँख मारते हुए कहा | करन 'वैसे वाली लड़की' का मतलब समझने लगा था | वह जब से घर से बाहर निकला था (१ वर्ष से), उसने लड़कों को बस इन्ही विषयों पर बातें करते सुना था - 'लड़की', 'गर्लफ्रेंड', 'रिलेशनशिप', 'सेक्स', 'ब्लू फिल्म', 'पोर्न', 'मुठ' | इन सब के अलावा कोई कुछ बात ही नहीं करता था | करन को इन प्रसंगो में शामिल होना अच्छा नहीं लगता था इसलिए उसने ज्यादा दोस्त भी नहीं बनाए |

एक दिन जब करन अपने एक साथी के कमरे की खिड़की के पास बैठ कर बाहर झांकते हुए अपने भविष्य की चिंता में डूबा हुआ था, उसे दूर कुछ दिखाई पड़ा | कुछ भी साफ़ नहीं था | साथी को अचानक कोई अधूरा काम याद आ गया | 'थोड़ी देर में आता हूँ,' कहते हुए वह निकल गया | करन थोड़ा और आगे की ओर झुका | अब वो खिड़की से बहार झाँक रहा था | इतना झाँक रहा था जितना की झाँका जा सकता था | कुछ देर की पड़ताल के बाद समझ आया की हर थोड़ी देर में कोई लड़की वहां आ रही है, कपडे उतार रही है और नाहा कर वापस जा रही है | उसने पहली बार किसी लड़की को नग्न अवस्था में देखा था | साफ़-साफ़ तो नहीं देख पाया था पर कुछ देखा और कुछ कल्पना कर लिया | इस पुरे वाक्ये के दौरान अपने बदन में वही पुरानी हलचल महसूस की करन ने | वैसी ही हलचल जैसी छुपकर tv चलाते वक़्त महसूस किया करता था |

फिर एक रोज़ उसी कमरे वाले साथी ने करन को cyber café के बारे में बताया | पोर्न का ज़िक्र किया | साथ ही सेक्स शब्द का भी ज़िक्र किया | करन ने सबकुछ सुना और सुनकर बात वहीं ख़त्म कर दी | साथी को ये बात हजम नहीं हुई | उसे और attention चाहिए था | इसी कोशिश में उसने करन को बताया की वो किसी भी लड़की के 'पिछवाड़े' देखकर उस लड़की के चरित्र के बारे में बता सकता है | करन को यकीन नहीं हुआ | उसने और सवाल पूछना सुरु किया | साथी को जो चाहिए था वो मिल गया |

कॉलेज के आखिर के दिनों में state team के सिलेक्शन trial के लिए बस से यात्रा कर दूसरे शहर जा रहा था करन | उसके बगल वाली सीट पर एक लड़की आकर बैठी | रात का वक़्त था | करण की नींद खुली तो उसने देखा लड़की का सर उसके दाएं कंधे पर था | उसने धीरे से कन्धा उचका कर सर को सीधा करने का प्रयास किया पर वो सर दुबारा उसके कंधे पर आ गिरा | उसने चारो ओर नज़रें घुमाई तो देखा सबलोग सोए हुए हैं | बस में अँधेरा है | उसने अपना बांया हाथ लड़की के सर की तरफ बढ़ाया | हाथ गलती से लड़की के स्तन से टकरा गया | उसने तुरंत उस हाथ को वापस लाकर अपनी जगह पर रख दिया | उसे डर लगा कहीं कोई

कुछ गलत ना समझ ले | बवाल न मचा दे | कुछ देर करन पूरी तरह से शिथिल रहा | उसकी धड़कन तेज़ हो चुकी थी, सांस गहरी और लम्बी | थोड़ी देर बाद जब वो सर उसके छाती पर आ गिरा और उसे एहसास हुआ की लड़की बेहद गहरी नींद में है उसके मन में एक शैतानी ख्याल ने जन्म लिया | इस बार उसने अपने बाएं हाथ से जानबूझ कर लड़की का स्तन दबाया पर इतनी चालाकी से दबाया की अगर लड़की की नींद खुल भी गई तो वह ये कह सके की वह तो बस उसके गिरते शरीर को सीधा करने की कोशिश कर रहा था | इतने में एक और ख्याल उसके मन में पनपा | लड़की को 'kiss' करने का ख्याल | उसका पहला kiss | पर इस हरकत में risk बहुत ज्यादा होने के कारण इस ख्याल को करन ने वहीँ खारिज कर दिया | सुबह जब वह उठा तो उसने देखा की पास वाली सीट पर कोई नहीं है | उसे चैन मिला की किसी को कुछ पता नहीं लगा |

आखिर कब तक करन खुद पर काबू रखता ! शुरुआत में करन ने जिन बातों को खुद पर हावी होने नहीं दिया था, आहिस्ता-आहिस्ता वो सारी बातें उस पर हावी होने लगी थीं | अंततः एक दिन करन देखूं न देखूं की लड़ाई में खुद से हार गया | उसने भी साइबर कैफ़े जाने की ठानी | उसे याद नहीं की उसने इतनी हिम्मत कहाँ से जुटाई | उसे बस ये याद है की अंत में उसने खुद से ये कहा था 'एक बार करके देखने में क्या हर्ज़ है' और निकल पड़ा अपनी भूख को शांत करने |

करन अभी-अभी वीडियो देख कर लौटा था | वो जल्दी से बाथरूम में घुसा और उसने कुण्डी लगाई | कुण्डी लगाने के बावजूद उसे डर था दरवाज़ा खुला ना रह गया हो | ऐसा डर हमे तभी लगता है जब हमे ये मालुम हो की हम जो करने जा रहे हैं वो सही नहीं है | उसने दुबारा दरवाज़े को चेक किया | सब ठीक था | उसने अपनी पतलून उतार कर दरवाज़े के पीछे वाली खूंटी पर टांग दि | अपनी बनियान भी निकाल कर उसी जगह पर टांग दि | अब वो पूरी तरह से उघाड़ा था |

कुछ देर तक 'करने' के बाद उसे ऐसा लगा की उसके लिंग में से कुछ निकलने को है | आखिरकार, 'कुछ' निकल गया | उसने सावधानीपूर्वक निचे ज़मीन पर जो सफ़ेद रंग का 'कुछ' फैल गया था, उसे बाल्टी में भरे हुए पानी से नाले में बहा दिया |

ये 'बाहर निकलने को है' और 'बाहर निकल गया' के बिच जो अंतराल था उसे करन समझ नहीं पाया | सबकुछ बहुत जल्दी हो गया था | उसे बस ये याद रहा की उसे अच्छा लगा था | एक पल के लिए ही सही | आखिरकार उसने जो वीडियो में देखा था वो सच ही था | उसने सोचा वो इस एक पल के आनंद को दुबारा जरूर महसूस करना चाहेगा | और उसने किया भी | दुबारा ही नहीं | न जाने कितनी बार |

कॉलेज की ४ साल की पढाई अब समाप्त हो चुकी थी | करन वापस घर लौट आया था | फुटबॉलर बन्ने के सपने की हत्या कर | वो पापा के साथ बिज़नेस में लग गया | अब उसके पास मोबाइल फ़ोन आ चूका था | इंटरनेट भी | अब साइबर कैफ़े जाने की कोई जरुरत न थी | मोबाइल पर ही काम हो जाता | जैसे हम किसी नसे के आदि हो जाते हैं वैसे ही अब करन पोर्न का, मुठ का आदि हो चूका था | हफ्ते में ३ -४ बार ये हो ही जाता | २ साल तक ये सिलसिला यूँ ही चलता रहा | तमाम कोशिशों के बावजूद वो इसे छोड़ नहीं पा रहा था |

फिर एक वक़्त ऐसा आया की करन पोर्न से भी ऊब गया | अब उसे पोर्न देख कर भी excitement नहीं होती थी | वो हर वक़्त किसी नई तलाश में रहता | इसी क्रम में करन को एक नई तरकीब सूझी | उसने अपना मोबाइल उठाया और वैसी वाली लड़कियों के नंबर ढूंढने लगा | गूगल पर | उसे जो भी नंबर मिले उसने सारे नंबर डायल करके देखे | किसी ने भी कॉल रिसीव नहीं किया | पर थोड़ी देर बाद उसे अलग अलग नम्बरों से message आने लगे | किसी messaage में सेक्स चैट, किसी में सेक्स कॉल, किसी में nude pics के रेट्स लिखे थे तो किसी में सारी सर्विसेज के लिए registeration करवाना था | हर चीज़ के लिए अलग अलग चार्ज था | करन खुद को रोक नहीं सका | उसने सब कुछ try किया | वह लगातार पैसे लुटाता रहा पर उसे एक्का दुक्का जगह ही सर्विस मिली | उत्तेजना में वो ये भूल गया की पेमेंट करने के लिए जिस कार्ड का वो इस्तेमाल कर रहा था वो उसके पापा का था और महीने के अंत में जब पापा अकाउंट डिटेल्स चेक करेंगे तो उस पर कितनी बड़ी मुसीबत आएगी | कुछ करने की हमारी इच्छा जब बहुत प्रबल हो जाती है तो कोई डर हमारा कुछ नहीं बिगाड़ सकता |

महीने के अंत में जब पापा ने अकाउंट चेक किया तो सुन्न हो गए |

अगले दिन उन्होंने करन को अकेले में बुला कर पूछताछ कि | एक पल के लिए करन को समझ नहीं आया की क्या जवाब दे | वह झूठ बोलना चाहता था पर पता नहीं कैसे उसने सारा 'सच' पापा से कह दिया | सच 'कहने' और सच 'सुन्ने' से कहीं ज्यादा मुश्किल होता है सच 'पचा' पाना | इस बात को पापा बखूबी समझते थे | पापा को झटका जरूर लगा था पर गुस्से में कुछ करने की जगह उन्होंने थोड़ा समय लेना सही समझा | उन्होंने करन की पीठ थपथपाई 'कोई बात नहीं' कहा और उसे अपनी पूछताछ और उसके खुद के ग्लानि से भी मुक्त कर दिया | पापा के इस नरम बर्ताव से करन दंग रह गया | इस घटना के बाद से करन के मन में पापा के लिए इज़्ज़त और बढ़ गई |

'ये उम्र ही ऐसी है | अब हमे जल्दी से करन की शादी कर देनी चाहिए,' पापा ने कहा |

'मैं तो कब से कह रही हूँ, मेरी यहाँ सुनता ही कौन है!' मम्मी ने जवाब दिया |

६ महीने बाद ही करन की शादी हो गयी | आप सब को तो पता ही है बड़े बुजुर्गों के हिसाब से एक उम्र के बाद बच्चों की हर परेशानी का एक ही हल होता है - शादी | यूँ तो मैं इस बात से पूरी तरह से इत्तेफ़ाक़ नहीं रखता पर लगता है मेरे साथी करन के मामले में ये नुस्खा काम कर गया | शायद उसे एक जीवन साथी की ही जरुरत थी |

शादी के बाद उसकी सारी आदतें खुद-ब-खुद छूट गईं | पापा रिटायर हो चुके हैं | बिज़नेस का सारा भार अब करन ने अपने कन्धों पर ले लिया है | उसके बेटे को भी फुटबॉल बेहद पसंद है | करन अब अपने पुरे परिवार के साथ एक खुशहाल जीवन व्यतीत कर रहा है |

8

हमसफ़र.कॉम

करीब सुबह के ७ बजे होंगे जब अरविन्द की नींद खुली | आँखें मसलते हुए उसने बगल में रखा अपना फोन उठाया जैसा की वो अमूमन किया करता था | नोटिफिकेशन बार पे उसने एक नोटिफिकेशन देखा - one request pending | ये अमूमन नहीं होता था | जैसे उसे कोई झटका लगा हो | वह एकदम से उठकर बैठ गया | अपने सर को बिस्तर के headboard पर टिका कर |

उसने तत्परता से नोटिफिकेशन पर क्लिक किया और request accept कर लिया | Request accept करते ही एक नया नोटिफिकेशन आया - Ekta has sent you a message | उसने message वाले नोटिफिकेशन पर क्लिक किया तो सामने एकता का फोटो था और निचे उसका message जिसमे लिखा था 'hii' | वो रिप्लाई करने जा ही रहा था की उसकी नज़र लास्ट सीन पर पड़ी - last seen today at 2 a.m. | उसने सोचा ये लड़की रात के २ बजे तक किस्से बात कर रही होगी! फिर उसे लगा सवाल का जवाब ढूंढने से बेहतर होगा पहले एकता का फोटो देखना |

ऐसा नहीं है की उसे शादी के किए कोई हूर की परी चाहिए थी पर हाँ लुक्स कुछ तो मायने रखते ही हैं | लड़की दिखने में ठीक-ठाक तो होनी ही चाहिए | कम से कम चेहरे पर एक मुस्कान तो रहनी ही चाहिए | उसने फोटो को ज़ूम करके देखा | ना कानो में earing, ना चेहरे पर

मेकअप, कॉटन की पिले रंग की कुर्ति में सफ़ेद दीवार के बैकग्राउंड में अपने पिंक रंग के दुपट्टे को सँभालने की कोशिश कर रही थी एकता | हालाँकि उसका चेहरा साफ़ नज़र नहीं आ रहा था क्योंकि उसका सर नीचे ज़मीन की ओर झुका हुआ था पर कितनी सिंपल और मनमोहक तस्वीर थी |

"अबे अरविन्द! और कितना सोएगा! उठ जा अब", अचानक दीपक ने आवाज़ लगाई |

'उठ चूका हु बे', उसने कमरे के अंदर से ही चीख कर जवाब दिया |

"दरवाज़ा बंद कर ले मैं ऑफिस निकल रहा हूँ |"

'अभी आया |'

उसने जल्दबाज़ी में 'हेलो' रिप्लाई किया और दरवाज़ा बंद करने बाहर निकल गया |

अरविन्द और दीपक कॉलेज के दिनों से ही दिल्ली में एक 2bhk फ्लैट लेकर रहते थे | दोनों की दोस्ती कॉलेज में हुई और समय के साथ और मजबूत होती चली गई | आज वो दोनों अलग अलग कंपनीओं में काम करते हैं पर रहते साथ ही हैं | हालाँकि दोनों के चरित्र में बिल्कुल भी समानता नहीं है जहाँ दीपक शांत, कम बोलने वाला, लड़कियों से दूर रहने वाला व्यक्ति है वहीँ अरविन्द इसके विपरीत गरम दिमाग, ज्यादा बोलने वाला और लड़कियों में रूचि रखने वाला व्यक्ति है | अरविन्द दीपक से सारी बातें शेयर करता था बस लड़कियों की बातें शेयर नहीं करता सो आज भी नहीं किया | वैसे भी अभी तो शुरुवात ही है | बात कुछ आगे बढे तो बताने का फ़ायदा भी है |

आमतौर पर अरविन्द मोबाइल का इस्तेमाल वाशरूम में नहीं किया करता था पर आज कोई आम दिन तो था नहीं सो अपना मोबाइल वो अपने साथ वाशरूम ले गया | क्या पता एकता का रिप्लाई आ जाए इसी बिच | उसने फोन का नोटिफिकेशन वॉल्यूम फुल करके उसे एक कोने में रख दिया | फ्रेश होते ही उसने सबसे पहले मोबाइल चेक किया | कोई msg नहीं था | ऑफिस के लिए तैयार होने के क्रम में वो लगातार अपना फोन चेक करता रहा | कोई msg नहीं था | वो निरास मन के साथ ऑफिस गया | ऑफिस में भी उसने हर वक़्त फोन अपने करीब ही रखा

| सारा दिन निकल गया कोई msg नहीं आया |

घर लौटते वक़्त उसने ना जाने कितनी बार अपना फोन चेक किया | फोन रीस्टार्ट करके देखा | डाटा भी ऑन-ऑफ करके देखा |

'सब कुछ सही है फिर msg क्यों नहीं आ रहा!!'

'अजीब लोग हैं यार जब रिप्लाई नहीं करना होता तो लोग खुद से चल के msg क्यों करते हैं!!?' उसने झुंझलाते हुए फोन से बात की और फोन वापस जेब में रख लिया |

लड़के तीन प्रकार के होते हैं | पहले जो शादी के नाम से ही दूर भागते हैं | दूसरे जो शादी करना तो चाहते हैं पर दिखाते नहीं हैं | तीसरे जो बेधड़क कहते हैं की वो शादी करना चाहते हैं | तीसरी केटेगरी के लड़के आपको जल्दी नहीं मिलेंगे पर अरविन्द तीसरे वाले केटेगरी का ही था | उसके आलरेडी तीन ब्रेकअप हो चुके थे | सब के बारे में उसने घर पर बता रखा था क्योंकि उसे हर बार लगा था की इसी से शादी होगी |

पिछली छुट्टियों में जब २५ साल का अरविन्द घर गया तो पापा ने पूछा 'कोई लड़की वड़की देख रखी है या सारी मेहनत हम से ही करवाएगा?'

अरविन्द ने मुस्कुराते हुए कहा, 'देखि तो नहीं है पर आपलोग रहने दो मैं खुद ढूंढ लूंगा |'

तभी दिल्ली वापस लौटते वक़्त उसने ट्रेन में *हमसफ़र.कॉम* नाम का एक एप्लीकेशन डाउनलोड किया और उसपर अपना अकाउंट बना डाला | यह एक मैच मेकिंग एप्लीकेशन था जिसका advertisement उसने टीवी पर, फोन पर, बिलबोर्ड्स पर कई दफा देख रखा था | इस एप्प पर एक ख़ास फीचर था - फ्री में अपने मैचेस के साथ चैट करने का | पर दुःख की बात ये थी की उसकी भेजी हुई कोई भी chat request अब तक accept नहीं हुई थी | पहली बार किसी लड़की ने उसे चैट request भेजा था |

उसके मन में एक उम्मीद जग गई थी पर अगले दिन भी एकता ने रिप्लाई नहीं किया | अब बर्दास्त करना मुश्किल हो गया था | तीसरे दिन सुबह दीपक के ऑफिस जाने के बाद उसने गुस्से में एप्लीकेशन डिलीट करने की मनसा से अपना फोन उठाया ही था की एक नोटिफिकेशन

आया |

Ekta has sent you a message.

एक पल के लिए अरविन्द ने सोचा की वो उससे बात नहीं करेगा लेकिन हम जितना कुछ सोचते हैं उतना कर कहाँ पाते हैं | अरविन्द भी खुद को रोक नहीं पाया | उसने जैसे ही एकता का tab खोला msg की बौछार हो गई |

एकता - sorryyyyyyy

I am so sorry

मुझे पता है मैंने आपको बहुत वेट कराया पर क्या करती मेरा फोन ख़राब हो गया था

दिखाने गई तो दुकान वाले ने कहा दो दिन लगेंगे ठीक करने में

बस अभी अभी फोन लिया ही है शॉप से

रास्ते में ही हूँ, घर भी नहीं पहुंची हूँ

सबसे पहले आपको मैसेज किया है

कुछ बोलो भी तो

गुस्सा हो अभी भी?

या माफ़ करदिया?

अरविन्द - कुछ बोलने दो तब बोलूंगा न | सच बताऊँ तो गुस्सा तो था | मैं बस ये एप्प डिलीट ही करने जा रहा था की तुम्हारा मैसेज आ गया | पर अब गुस्सा नहीं हूँ | it's okay

एकता - thankyou for understanding

अरविन्द - you are welcome | सबसे पहले तो तुम ये बताओ की तुम हिंदी में बात करने में कम्फर्टेबले हो या इंग्लश में?

एकता - हिंदी

अरविन्द - I liked the honesty | चलो फिर अब से हिंदी में ही बात करेंगे |

एकता - थैंक्यू |

अरविन्द - तुम कहाँ रहती हो?

एकता - दिल्ली

अरविन्द - दिल्ली में कहाँ?

एकता - क्यों? क्या करोगे जानकर? मिलने आओगे?

अरविन्द - क्यों? नहीं आ सकता?

एकता - hehe.. मैंने कब मना किया!

अरविन्द - बताओ फिर

एकता - क्या बताऊँ?

अरविन्द - कब मिलूं? कहाँ मिलूं?

एकता - umm.... आज?

अरविन्द - आज तो ऑफिस है | अच्छा ये हो सकता है | ऑफिस के बाद शाम को मिल सकती हो?

एकता - बिलकुल | जब आप कहो

अरविन्द - hahaha... कुछ ज्यादा ही आज्ञाकारी हो लगता है

एकता - सबके लिए नहीं

अरविन्द - U mean मैं स्पेशल हूँ?

एकता - hehe... इतना ज्यादा भी मत उड़ो

अरविन्द - पहले जवाब तो दो

एकता - इसका जवाब शाम को मिलेगा आपको

अरविन्द - ok then.. शाम को ही सही | ऑफिस के लिए रेडी होना है | मैं फ्री होकर msg करता हूँ

एकता - ठीक है.. bye..tc

अरविन्द - U too

C.P. में मिलना तय हुआ था | शाम के ६ बजे | अरविन्द के बताए हुए रेस्टोरेंट में | table अरविन्द ने एडवांस में बुक कर लिया था और सारी जानकारी एकता को दे चूका था | एकता समय से पहले ही पहुँच चुकी थी | अरविन्द को थोड़ी देर हो गई पहुँचने में | उसने रास्ते से ही एकता को कॉल करके बता दिया था | एकता ने कहा,' कोई बात नहीं, मैं कहीं नहीं जा रही, आप आराम से आओ, सारी रात बची है अभी तो' | इस जवाब से अरविन्द ज़रा हैरान जरूर हुआ मगर उससे अच्छा लग रहा था इस किस्म का अटेंशन मिलना |

अरविन्द पुरे रास्ते मुस्कुराता रहा | रेस्टोरेंट में प्रवेश करते ही वो सीधा अपने table की ओर बढ़ा | उसकी नज़रें एकता को जल्द से जल्द

देखना चाहती थीं | लेकिन उसे काले रंग के हलके जरी वाले कुर्ती में बैठी लड़की की सिर्फ पीठ दिखाई पड़ रही थी |

'hii' उसने लड़की के ठीक पीछे खड़े होकर कहा |

' हैलो ', लड़की मुड़ी |

'अरे तुम!! sorry sorry | लगता है मैं गलत टेबल पर आ गया', अरविन्द ने माफ़ी मांगी |

लड़की मुस्कुराई ,'सबसे पहले तो आप आराम से बैठो |'

अरविन्द अधूरे मन से कुर्सी खिंच कर बैठ गया |

'आप बिलकुल सही टेबल पर आए हो', लड़की ने पानी का गिलास अरविन्द की तरफ बढ़ाते हुए कहा |

'मज़ाक मत करो यार, आरती |'

'मैं मज़ाक नहीं कर रही | आप एकता से मिलने आए हो न? मैं ही एकता हूँ |'

'पहेलियाँ मत बुझाओ please, सारी बात बताओ |'

'ओके | मैं सीधे सीधे बताती हूँ फिर |'

'yes, please. I am waiting.'

'बात ये है की मुझे आप बहुत पसंद हो | जिस दिन से मैं आपके सामने वाले फ्लैट में किराए पर रहने आई थी उसी दिन से ही | रोज़ आपको चोरी चोरी देखती हूँ पर आप से बात करने की हिम्मत नहीं जुटा पाई पुरे एक साल में | न जाने क्यूँ अजीब सा डर लगता था | वो तो भला हो आपके दोस्त दीपक का जिससे ४ दिन पहले बात हुई तो उसने बताया की आपने हमसफ़र.कॉम पर रजिस्टर किया है कुछ दिन पहले ही | मैं नहीं चाहती थी की आपको कोई और पटा ले और मुझे ये भी डाउट था की अगर मैंने अपने अकाउंट में असली नाम और फोटो का इस्तेमाल किया तो आप मुझसे बात करोगे या नहीं इसलिए मुझे एकता बनना पड़ा, I am so sorry. मैंने आपसे झूठ बोला पर मुझे और कोई चारा नहीं दिख रहा था | मुझे उम्मीद है आप मुझे माफ़ करदोगे | '

'माफ़ वाफ तो ठीक है, पहले तो मुझे ये यकीन नहीं हो रहा की मेरे लिए कोई इतने पापड़ बेल सकता है', अरविन्द ने अपना सर हिलाते हुए कहा |

'आपके लिए मैं कुछ भी कर सकती हूँ | आप बहुत स्पेशल हो मेरे लिए', कहते हुए आरती ने शर्म से अपनी नज़रें निचीं कर ली |

अरविन्द के चेहरे से अब हैरानी गायब हो चुकी थी | अब उसके चेहरे पर सिर्फ ख़ुशी थी |

'कुछ आर्डर करें, बहुत भूख लगी है', अरविन्द ने कहा |

'मैंने आलरेडी आपका फेवरेट स्वीट कॉर्न सूप आर्डर कर दिया है | बस आता ही होगा', आरती ने कहा |

दोनों एक दूसरे की आँखों में काफी देर तक झांकते रह गए |

९

दूसरी शादी

'आप दूसरी शादी क्यों नहीं कर लेते?' स्वाति ने पूछा |

अंजलि सीढ़ी पर ही ठहर गयी | हाथ में किराए के जो ८ हजार रुपये थे उसे अंजलि ने अपने ट्रॉउज़र की दायीं जेब में हिफाजत से रख दिया | अब उसका सारा ध्यान बंद दरवाज़े के पीछे से आती आवाज़ पर था | २ मिनट तक ध्यान बनाए रखने के बावजूद जब कोई आवाज़ उसके कानो पर नहीं पड़ी तो वह ३-४ सीढ़ियाँ और चढ़कर दरवाज़े के करीब पहुंची | इतने करीब की अब वो दरवाज़े के कब्ज़े वाले महीन से रिक्त स्थान से अंदर झाँक सकती थी |

उसने गोविन्द का शुन्य-सा चेहरा देखा |

गोविन्द को समझ नहीं आ रहा था की अपनी शादी की बात करने की उम्र में बेटी अचानक उसकी शादी की बात क्यों कर रही है!

'देखिए पापा मुझे पता है ये आपको थोड़ा अटपटा लग रहा होगा की खुद की बेटी आपसे दूसरी शादी करने के लिए कह रही है पर मैं अब २५ साल की हो गई हूँ और मुझे ये अच्छी तरह से समझ आता है की जीवन में किसी लाइफ-पार्टनर का होना कितना जरुरी है | आप सारी ज़िन्दगी अकेले तो नहीं गुज़ार सकते न!'

'पर बेटा मैं अकेला कहाँ हूँ! तुम दोनों हो न मेरे साथ,' गोविन्द ने अटक-अटक कर जवाब दिया |

'हम तो बस छुट्टियों में आपके साथ रहते हैं | दो दिन बाद कॉलेज खुल जाएगा तो मुझे जाना ही पड़ेगा |'

'अनु भी तो है यहाँ | उसे क्यों भूल जाती हो?' इस बार गोविन्द की आवाज़ में कुछ झल्लाहट थी |

'पापा, सच बताऊँ तो मैं आपको अनु दीदी से ही शादी करने के लिए कह रही हूँ | मैंने कल आपको और अनु दीदी को कमरे में देखा था |'

आखरी के शब्द कहते हुए स्वाति ने अपनी आँखें पापा के चेहरे से हटा ली थीं | असहज बातें कहते वक़्त आँखें अपने दर्शक को ना ही देखे तो बेहतर होता है |

स्वाति और शुभम की आया का नाम है अनु | पत्नी के गुज़र जाने के बाद गोविन्द को बच्चों की परवरिश में काफी दिक्कतें आने लगी थीं | काम भी करना और घर भी संभालना बहुत मुश्किल होता जा रहा था | इसलिए गोविन्द ने बच्चों की देखभाल के लिए अनु को रख लिया था | उस वक़्त स्वाति की उम्र १० साल, शुभम की उम्र ५ साल और अनु की उम्र २५ साल की थी | पहले दिन से ही अनु ने सबका दिल जीत लिया था | उसने कभी भी ये महसूस नहीं होने दिया की वो आया की नौकरी पर है | अब इतने सालों में वो पूरी तरह से परिवार का हिस्सा बन चुकी थी | गोविन्द, स्वाति और यहाँ तक की बाहरवाले भी उसे पूरी तरह से परिवार का हिस्सा ही समझते थे | बस शुभम को कुछ शिकायतें थीं | शुरुआत में सब ठीक था | कुछ वक़्त बाद उसे अनु से चिढ-सी हो गयी थी | पता नहीं क्यों | इसलिए उसने मौका मिलते ही बाहर के कॉलेज में अपना एडमिशन ले लिया था |

अंजलि, उसकी माँ और उसके पापा पिछले १० वर्षों से निचे वाले मकान मे किराए पर रहते हैं |

अनु दीदी को चप्पल ज़मीन पर घिसट कर चलने की आदत थी | अंजलि बखूबी पहचानती थी इस घसटन की आवाज़ को | अचानक अंजलि ने उसी आवाज़ को अपने करीब आते सुना | ध्यान लगा कर सुनने पर समझ आया की आवाज़ निचे से आ रही है | अंजलि घबरा गई | उसे समझ नहीं आ रहा था उसे अंदर चले जाना चाहिए या वापस निचे | इसी उधेड़बुन में उसका हाथ दरवाज़े से टकरा गया |

'कौन है?' गोविन्द ने पूछा |

'अंकल मैं,' अंजलि ने जवाब दिया |

'अंकल वो किराये के पैसे भेजे हैं पापा ने' कहते हुए नोटों की गड्डी उसने दरवाज़े को घेर कर खड़े अंकल की हथेली पर जमा दी और सीढियाँ उतरने लगी |

अनु ने अंजलि को देखा और हल्का सा मुस्कुराई | अंजलि ने भी वही मुस्कान उन्हें वापस कर दि |

'लाइए दीदी मैं ये थैला ऊपर रख देती हूँ', उसने अपना हाथ उनके सब्ज़ियों से भरे थैले की तरफ बढ़ाया ही था की अनु ने अपना हाथ पीछे की ओर झटका और कहा 'नहीं नहीं बाबू मैं ले जाउंगी, थैंक्यू' |

अंजलि निचे उतरकर सीधा अपने कमरे में पहुंची | माँ वहीँ बैठी उसकी शर्ट में बटन टांक रही थी | अंजलि बिस्तर पर फ़ैल गयी |

माँ ने शर्ट को दोनों हाथों से ऊपर उठाकर नए बटन वाला हिस्सा दुबारा से निहारते हुए कहा 'ये ले, लगा दिया है नया बटन, अब तू पहन सकती है तेरी फेवरेट शर्ट |'

अंजलि ने लेटे-लेटे ही शर्ट पर नज़र फिराई तो देखा की माँ ने सफ़ेद की जगह क्रीम कलर का बटन लगा दिया है |

'ये क्या किया आपने!' वो झुंझला गई |

'क्या हुआ?' माँ ने पूछा |

'अरे यार, गज़ब हो आप, आपको सफ़ेद और क्रीम में फर्क नहीं समझ आता?!'

माँ मुस्कुराई और कहा 'अरे बेटा मुझे फर्क तो पता है पर घर में सफ़ेद बटन नहीं था और इसका रंग काफी हद तक मैच कर रहा था तो मैंने यही लगा दिया |'

'मुझे मैच नहीं करवाना, मुझे बिलकुल वही बटन चाहिए वरना मैं ये शर्ट दुबारा कभी नहीं पहनूंगी,' कहते हुए उसने बिस्तर छोड़ा और पैर पटकती हुई वहां से निकल गई |

अगली सुबह माँ जब छत से कपडे सूखा कर वापस कमरे में आई अंजलि बिस्तर पर बैठी 'नावेल' पढ़ रही थी | नावेल का नाम था 'Can Love Happen Twice' | कुछ लोग होते हैं जिनको अपने श्रोता का

सारा का सारा ध्यान चाहिए होता है | अंजलि की माँ उन्ही लोगों में से है | माँ चुप-चाप जाकर अंजलि के सामने वाली कुर्सी बैठ गई और एकटक अंजलि को देखती रही |

'अब क्या हुआ माँ', पढ़ने में तल्लीन होने के बावजूद अंजलि ने अपने ऊपर गड़ी दो आँखों को महसूस कर लिया था |

'ये क्या उलटी सीधी किताबें पढ़ती रहती है सारा दिन, इससे अच्छा तो जनरल नॉलेज की किताबें पढ़ लिया कर,' माँ ने चिढ़ते हुए कहा |

अंजलि को उम्मीद थी इस डाँट की | ये बात माँ कई दफा दोहरा चुकी थी | उसने बिना कुछ जवाब दिए नावेल के पन्ने को कोने से जरा सा मोड़कर बिस्तर पर रख दिया |

'क्या बातें हो रही हैं माँ बेटी में?' कहते हुए अंजलि के पापा अपनी दोपहर की नींद पूरी करके दूसरे कमरे से निकले |

'कुछ नहीं | दिन भर पड़ी रहती है, जा बाजार से २ किलो आलू लाकर दे |'

यदि आपको अपने सब्र का इम्तेहान लेना हो तो आपके पास आपकी माँ से बेहतर कोई विकल्प नहीं हो सकता |

अंजलि चुप चाप वहां से निकल गई |

'क्या हुआ जी, कुछ अपसेट दिख रही हो?' अंजलि के पापा ने माहौल का जायज़ा लिया |

'ये आजकल के बच्चे !! मॉडर्न होने का ये मतलब थोड़ी है की आप अपने माँ-बाप की दूसरी शादी करवा दो!! क्या हो गया है आजकल के बच्चो को!' माँ फट पड़ी |

'आराम से पूरी बात बताइए,' पापा ने स्थिति सँभालने की कोशिश की |

'अरे, अभी कपडे सुखाते वक़्त मैंने स्वाति और गोविन्द भैया को बात करते हुए सुना | स्वाति उनसे दूसरी शादी करने के लिए कह रही थी |'

'क्या! तो गोविन्द भैया ने क्या कहा?'

'उन्होंने कहा - सोचकर बताऊंगा | मुझे समझ नहीं आ रहा की इसमें सोचना क्या है!! ५० साल की उम्र में कोई शादी करता है भला! वो भी दूसरी शादी! सीधा मना कर देना चाहिए था,' माँ अब पूरी तरह से उबाल

पर थी |

'तुम फ़िज़ूल में परेशान होती हो! उन्होंने 'हाँ' थोड़ी न कहा है | और वैसे भी ये उनका पर्सनल मामला है | इसमें हमे दखल नहीं देना चाहिए |'

'मैंने कब दखल दिया! बात भी नहीं कर सकती आपसे!'

'मेरा वो मतलब थोड़ी था |'

'सारे मतलब समझती हूँ मैं आपके | छोड़ो | आपको तो कुछ कहना ही बेकार है |'

कमरे में प्रवेश किया था एक माँ ने पर कमरे से प्रस्थान किया एक पत्नी ने |

कुछ रोज़ बाद अंजलि के पापा की मुलाक़ात गोविन्द जी से हुई | सुबह का वक़्त था | दोनों सैर पर जाने के लिए घर से निकल ही रहे थे की टकरा गए |

'गोविन्द जी, गुड मॉर्निंग,' अंजलि के पापा ने अभिवादन किया |

'वैरी गुड़ मॉर्निंग, सोच ही रहा था आपसे मिलूं, अच्छा हुआ आप मिल गए | कुछ जरुरी बात करनी थी आपसे |'

'अरे वाह! चलिए फिर आज साथ में वाक का मज़ा लेते हैं | रास्ते में बातें भी हो जाएंगी |'

'अच्छा विचार है |'

'जी कहिए हमारी क्या जरुरत आन पड़ी ?'

'कैसे कहूं वही तो समझ नहीं आ रहा!'

'आप बिलकुल फ़िक्र मत करिए | बस कह डालिए |'

'थैंक्यू | एक बात बताइए दूसरी शादी के बारे में आपकी क्या राय है?'

'ये तो सच में पेचीदा सवाल पूछ लिया आपने | देखिए, पर्सनली तो मैं दूसरी शादी के पक्ष में नहीं हूँ पर मैं पूरी तरह से समझता हूँ की हम इंसानो की अलग-अलग जरूरतें हैं | जैसे की वितीय, मानसिक, भावनात्मक, सामाजिक, शारीरिक जरूरतें | जाहिर है जब जरूरतें अलग हैं तो उन जरूरतों को पूरा करने के लिए किए गए चुनाव भी अलग-अलग ही होंगे | फ़िसी दूसरे व्यक्ति के लिए उन सारे चुनावों के कारणों को समझ पाना तक़रीबन नामुमकिन है | और जब कारण ही समझ ना आए

तो किसी चुनाव को सही या गलत ठहराना मैं किसी अपराध से कम नहीं समझता | इसलिए मेरे या किसी भी और के पक्ष में या विपक्ष में होने से कोई फर्क ही नहीं पड़ना चाहिए | अगर किसी को लगता है की दूसरी शादी करने से उसकी जरूरतें पूरी हो सकती हैं, तो उसे बेझिझक किसी की परवाह किए बिना दूसरी शादी कर लेनी चाहिए |'

'काश ! जितनी आसानी से आपने सब कुछ कह दिया, उतनी आसानी से चुनाव किए जा सकते | सोसाइटी की परवाह तो एक बार को हम छोड़ भी सकते हैं पर अगर अपने करीबी लोग सहमत ना हों तो उनका क्या करें? फैसला करने से पहले अपनों की फीलिंग्स का ख्याल रखना भी तो जरुरी हैना? आप जो मन में आया वो तो नहीं कर सकते न?'

'देखिए गोविंदजी, जो आपके करीबी हैं उनके फीलिंग्स का ख्याल रखना अच्छी बात है पर ये बात सिर्फ आप पर तो लागू नहीं होती | करीबी लोगों को भी तो आपके फीलिंग्स का ख्याल होना चाहिए न | मेरा मतलब है दूसरी शादी करने वाले व्यक्ति का ख्याल होना चाहिए न |'

'आपकी बात सही है पर अगर ख्याल ना हो तो?'

'तो उस व्यक्ति को आराम से उनके साथ बैठ कर अपने दिल की बात बतानी चाहिए | मुझे पूरा विश्वास है वो समझ जाएंगे |'

'अगर फिर भी ना माने तो?'

'तो फिर उस व्यक्ति की सुख, शान्ति जिस चुनाव में हो उसे चुन लेना चाहिए क्योंकि अगर वह इंसान खुद ही विचलित और दुखी रहेगा तो अपने करीबी लोगों को भी कभी सुखी नहीं रख पाएगा |'

'ये बात तो आपकी बिलकुल सही है | आपने तो मेरी बहुत बड़ी उलझन सुलझा दी | शुक्रिया |'

'आपकी ?'

'जी | किसी से कहिएगा मत, दरअसल मैं और अनु शादी करने की सोच रहे हैं,' कहते हुए उनकी आँखे चमक उठीं |

'अच्छाआआआ! चलिए मेरी तरफ से बहुत बहुत बधाई | तैयारियों में मदद की आवस्यकता हो तो बताइएगा जरूर |

'जरूर |'

10

कुबूलनामा

दिनांक : २३ जुलाई, २०१८

विषय: शादी |

आदरणीय मम्मी पापा,

सादर प्रणाम |

अनुरोध है कि आप इस लेखनी को केवल एक पत्र की तरह ना पढ़ें बल्कि एक कुबूलनामे की तरह पढ़ें |

लिखने का फैसला करना आसान था पर लिखना उतना आसान नहीं लग रहा | समझ नहीं आ रहा की शुरुआत कहाँ से करूँ ! कोशिश करता हूँ |

ये कुबूलनामा लिखने का ख्याल पिछले १-२ रोज़ से आ रहा था मुझे | आज से २ रोज़ पहले हमलोगो की इस विषय पर जो चर्चा हुई थी मैं उससे पूरी तरह से संतुष्ट नहीं था और जहाँ तक मुझे लगता है आपलोग भी उस चर्चा से संतुस्ट नहीं होंगे | आपलोगों को already बहुत सारी चिंताएं हैं इसलिए मैं नहीं चाहता की मेरी वजह से उस चिंता की list में एक और चिंता जुड़े | वैसे तो इस विषय पर दुबारा आमने-सामने बैठ कर भी चर्चा कि जा सकती थी पर मुझे लगता है की मैं लिख कर खुद को ज्यादा अच्छे से express कर पाऊँगा इसलिए लिखने का फैसला किया है |

ऐसा क्यों होता है की दो लोग जो एक दूसरे को बिल्कुल नहीं जानते, शादी के कार्यक्रमों के बाद एक दूसरे को पति-पत्नी मान लेते हैं ? ऐसा क्या बदल जाता है उनमे ? सिर्फ ४ घंटे (अब ४ दिन) के कार्यक्रम से कैसे कोई पति-पत्नी बन जाता है ?

हम सभी की हर विषय पर कोई न कोई धारणा होती ही है जो समय के साथ परिवर्तन भी होती रहती है | ये धारणा कब, कैसे, क्यों बनती है ये बिलकुल सटीक बता पाना नामुमकिन है | उसी तरह मैं भी नहीं बता सकता की मेरे मन में 'प्यार'(love) की पहली धारणा कब क्यों और कैसे बनी | और ये थी वो धारणा - अगर जीवन में कभी प्यार हुआ तो जीवन भर बस उसी लड़की से प्यार करना है चाहे वो प्यार मुझे वापस मिले या ना मिले | मेरे लिए सच्चे प्यार (true love) का definition यही था | शायद हिंदी फिल्मों का प्रभाव था इस धारणा के पीछे |

उसके बाद बारी थी 'शादी' के धारणा की | जितना मुझे याद है करीबन २० वर्ष का रहा होऊंगा जब पहली बार इस विषय पर कोई ख्याल आया था | और वो ख्याल था 'शादी करना इतना जरूरी क्यों होता है ?'

उस वक़्त इस सवाल का जवाब तो नहीं मिला था पर फिर भी मन अपना फैसला बना चूका था - मुझे शादी नहीं करनी है |

कुछ २-३ वर्ष बाद इस धारणा में एक बड़ा बदलाव आया | इस बदलाव का इलज़ाम शायद इस उम्र में शरीर में होने वाले chemical changes पर लगाया जा सकता है | या फिर आस पास के सोशल ट्रेंड पर | अबकी बार मैंने decide किया की अगर शादी करूँगा तो लव मैरिज करूँगा, अरेंज्ड नहीं करूँगा | 'ना' से 'हाँ' का कारण मुझे खुद को पता नहीं था पर अरेंज्ड मैरिज को चुनने का कारण बिल्कुल साफ़ था | मुझे लगता था एक अनजान इंसान के साथ रहने से ज्यादा comfortable रहेगा किसी जाने पहचाने इंसान के साथ रहना | और इस निर्णय के करीबन २-३ वर्ष बाद मेरे जीवन में कुछ घटा | 'आरुषि ' का आगमन हुआ | जिसके आने से मेरी सारी धारणाएं, लॉजिक, फंडे धरे के धरे रह गए |

मुझे प्यार हो गया था | मैं पूरी तरह से आस्वस्त हो चूका था की यही वो लड़की है जिसके साथ अपना सारा जीवन बिताना है - शादी करनी

है | ये बात सुनने में थोड़ी बचकानी लग सकती है पर मुझे लगता है ये बात बतानी जरुरी है | आप चाहें तो हंस भी सकते हैं | मैं mentally उसे अपना life-partner मान चूका था |

इस निवेदन के शुरुआत में मैंने जो प्रश्न किया था मुझे लगता है उसका जवाब भी 'mentality' ही है क्योंकि शादी कर लेने से शारीरिक लेवल पर तो कुछ बदलता है नहीं बस मानसिक लेवल पर ही बदलाव आते हैं जिस कारण दो लोग पति-पत्नी मान लेते हैं | और मुझे नहीं लगता इस मानसिक बदलाव के लिए शादी होना अनिवार्य है |

खैर, उसके बाद जो हुआ वो आपलोगो को पता ही है | उसके चले जाने के निर्णय से और ख़ास कर उसके जाने के वजह और लहजे से मुझे बहुत बड़ा धक्का लगा था | उस दौर में अगर आपलोग नहीं होते तो पता नहीं क्या हो जाता | उस वक़्त मुझे लगा की अब मैं किसी और को कभी उस तरह से touch नहीं कर सकूंगा, ना ही mentally, ना ही emotionally और ना ही physically | इसीलिए मैंने फिर से तय किया की मैं शादी नहीं करूँगा |

मगर , उसके जाने से एक बहुत बड़ा फ़ायदा ये हुआ की मानव व्यवहार (human behaviour) के बहुत सारे सवाल जो हमेशा मेरे आस पास मंडराते रहते थे अब बिलकुल मेरे आँखों के आगे बैठ गए, मानो किसी धरने पे बैठे हों, किसी जवाब के इंतज़ार में | इतना आसान नहीं था जवाब ढूँढना | पर ज़िद्दी तो मैं भी कम नहीं हूँ |

सबसे पहले तो मुझे अब ये लगता है की हमारी प्यार की definition ही गलत है | इसलिए नहीं क्यूंकि आरुषि चली गयी | बल्कि इसलिए क्यूंकि अब मैं इंसानी दिमाग को और बेहतर तरीके से समझने लगा हूँ | अब मुझे ये लगता है की प्यार के बारे में हम जो भी देखते हैं, पढ़ते हैं या सुनते हैं, उन सब की वजह से जाने अनजाने में हमारे प्यार का definition बहुत सिमित हो जाता है | असल में प्यार तो 'करने' की चीज़ है ही नहीं, प्यार 'बन्ने' की चीज़ है | जैसा की Sadhguru कहते हैं 'Love is not something you do, love is something you become' | जब हम अपने emotions को मधुर रखते हैं हम खुद-ब-खुद प्यारे बन जाते हैं | और जब हम प्यारे होते हैं तो हमे प्यार 'करना' नहीं

पड़ता, हमारा नजरिया ही प्यारा हो जाता है जिस कारण हम हर किसी के साथ प्यारे रह सकते हैं ना की सिर्फ अपनी गर्लफ्रेंड या पत्नी या किसी एक-दो इंसान के साथ | सबसे दिलचस्प बात तो ये है की emotions को मधुर रखना पूरी तरह से हमारे खुद के वश में होता है | यह तो एक 'mental state' है | ये अलग बात है की हम समझते हैं कोई और हमारे emotions को मधुर बना रहा है और हम उसे प्यार का नाम दे देते हैं |

तो इसका सीधा अर्थ ये है जब हमलोगों के प्यार का definition ही सही नहीं तो सच्चे प्यार (true love) का definition कैसे सही हो सकता है ! मान लो अभी आप किसी के लिए सच्चे दिल से अच्छा सोचते हो, अच्छा बोलते हो, अच्छा करते हो पर बाद में किसी कारण वश आपका रिश्ता उस इंसान से पहले जैसा नहीं रहता तो इसका कतई ये मतलब नहीं है की पुराने वक़्त के emotions झूठे थे | या अगर बाद में आप किसी और इंसान से emotionally, physically या mentally जुड़ जाते हो तो इसका भी ये मतलब नहीं है की पुराने emotions झूठे थे | क्योंकि वक़्त और हालात के हिसाब से हमारे इमोशंस (mental state) में बदलाव आना आम बात है | शायद जरुरी भी |

दूसरी बात इंसानी दिमाग को जब कुछ करना होता है या कुछ नहीं करना होता तो उसके सपोर्ट में या अगैंस्ट में कोई न कोई theory बना ही लेता है | जैसे मैंने बना लिया था की अब किसी और को उस तरह से टच नहीं कर सकता | अब मुझे लगता है की कुछ भी किया जा सकता है बस अपने दिमाग में बैठे धारणाओं को बदलने की बात होती है जो की मैं बदल चूका हूँ |

हालांकि अब मुझे ये भी समझ आ चूका है की जरुरी नहीं है जो मैं समझा हूँ वही सही हो पर ये जरूर है की इतना सब समझने के बाद अब ना तो मैं शादी के खिलाफ हूँ ना ही उसके पक्ष में, मैं शादी (arrange हो या love) के लिए तैयार हूँ | 'उत्सुक' नहीं हूँ | 'तैयार' हूँ |

बताने के लिए और भी बहुत कुछ है पर मुझे लगता है already ज्यादा हो चूका है | अभी के लिए इतना ही काफी हैं |

मुझे पूरी उम्मीद है आपको मेरे इस फैसले से राहत मिलेगी |

धन्यवाद |

आपका प्यारा बेटा
आशीष

उन सभी लोगों से तहे दिल से माफ़ी माँगना चाहता हूँ जिनका किसी भी तरह से मैंने दिल दुखाया है | उम्मीद है आप मुझे माफ़ करदेंगे |